醒來的世界

亞然

OLD
WORLD
IN A
NEW DAY

目錄

推薦序　讓這個世界，更靠近理想一點　11
推薦序　亞然的知性散文　15
自　序　醒來的世界　19

I
民粹興起，民主退潮

歷史沒有終結　民主在退潮——讀福山《身分認同》　25
為選舉辯：民主很差，但已經是最好的了　30
塘鵝叢書談民粹主義（一）　33
塘鵝叢書談民粹主義（二）：英國脫歐是怎麼一回事　36

II

香港變了樣

公民不認命 41
香港之所以是香港 44
最後的奢望 47
暴政之下的書單 51
林鄭月娥的暴政 55
領袖之道 58
李家超的救命書 61
那夜的無伴奏大提琴組曲 64
幻想二十年後的一個週日床上——丘世文逝世二十周年紀念 67

III

台灣的幸福與失落

七十二年前台灣，今日香港 75
台灣作為理論 78
台灣研究的黃金時代 81
什麼都是藍綠 86
地下工作室 90
政治菜市場 93
台灣年輕人的失落 96

IV 中國萬歲

是荒誕又如何 103
電視劇不死 107
從「台商之眼」看中國經濟發展 111
God Bless Food God 117
五糧液與管弦樂團 120
豬年豬事 123

V 不復回來的年代

大時代 133

女王也認可的粗獷公屋 136
我們都在路上 139
那時都艱難 142
將一生斷送的蘭花指 145
不可信的孫中山 148
消失了的麻將桌 151

VI 學不完的孤獨課

對抗孤寂 159
孤獨的人有他們自己的泥沼 162
Comfort Book 165
無聊的邪惡 168

遲來了的對話 171
當時只道是尋常 174

VII 讀書人的風花雪月

讀書沒有毀了我 179
另類聖經 182
什麼是愛情？ 185
日本文化就是禪 188
來自中國的日本拉麵 191
村上春樹如何寫小說？ 194
深夜食堂 197
居酒屋的源起 201
村上春樹的威士忌 204

VIII 指揮台上的故事

追憶最優雅的指揮：阿巴多逝世五週年 209
新不如舊的可悲 218
傳奇中的傳奇 222
樂界的民主選舉 226
現代強人指揮 230

IX 好聽的就是音樂

毛管戚的音樂 235
一張好看的唱片 238

一九七五年的科隆音樂會 241
從高雄奏響的音符，軟硬兼備的藝文基石——衛武營 244
衛武營的聲學建築 248
美好的巴登巴登 251
大嶼山的音樂記憶 259

推薦序

讓這個世界，更靠近理想一點

◎焦元溥

「你學政治又學音樂，請問這兩者有什麼共同之處嗎？」

身為台大政治學系的畢業生，最後卻念了倫敦國王學院音樂學博士，這個問題我大概每年會遇到兩三次，常常對方還沒問完，我就已經準備好開口：

「當然有啊！政治與音樂，在最理想的狀態，都是以藝術性的方式促成人際交流。」

嗯，這是一個通常能有效避免對方追問，實際上沒有任何建設性的答案。畢竟世上萬事萬物，總有互通之處，誰能說哪兩個學科沒有共同點？

但若真要我講，浮現在心裡的，會是另一個不太好說的答案：

「政治與音樂，都是人們熱衷討論，卻普遍以為沒有客觀標準，全然訴諸主觀偏好的學科。」

提到政治，大家應該最有感。畢竟每天晚上打開電視，我們都能看到許多政治評論或解說員，對各種議題發表看法——或者比較正確地說，「以各種議題做語言與肢體的戲劇表演」。如此節目看久了，大家以假為真，誤以為「政治討論」或「研究政治」就該是這樣，謀略話術詭計布局，甚至只能是這樣。

我不會完全否定這些節目的價值。政治既然是人類行為，就不會僅是理性選擇，考量甚至往往在理性之外。若想理解，長期觀察與經驗積累自然也很重要。這些節目中偶爾閃耀出的睿智機鋒，或社群媒體上不時出現的精闢分析，也足以令人佩服敬重。

但既然如此，「政治」還需要學嗎？或者說，「政治學系」，究竟在學些什麼呢？

若想了解這個問題，最直接的方法之一，就是閱讀這本《醒來的世界》。作者以平易的方式為大家展示，一位受過政治學系訓練的年輕學者，在討論政治問題時，會有怎樣的切入視角，做到怎樣的準備工作。時事議題變化快速，追逐浪花無濟於事，必須有能力觀察洋流，甚至探勘板塊——當然，這並非人人皆可做到，但對政治學者而言，分辨出何者是浪花，卻是相對簡單的工作，也是應當具備的能力。就以亞然出身的香港為例，過去半年風雲動盪之急之速，在在令人嘆為觀止。本書收錄的討論，此刻看來仍未過時，就可知作者的敏銳與謹慎。同理，對於台灣這段時間的政治局勢變化，也是作者博士論文關注之所在，《醒來的世界》也會是很好的紀錄，足以讓我們回看這段歷史時仍能參考且反思。

但大家不必擔心《醒來的世界》會是艱深複雜的學術書，或看不懂亞然的觀察與論述。首先，這是專欄文字結集。既是專欄，為方便讀者，相同概念或引用文本會多次出現。閱讀本書章節，將發現討論議題如鋸齒狀蜿蜒開展，等於來回介紹諸多重要觀點與著作。其次，作者的文字流暢清晰，冷靜而不失情感。不知從何開始，學院流傳「有內容的文字必須艱深難看」這等自欺欺人的鬼話。然而殘酷的事實是，難看的文字可能深刻精闢，也可能廢話連篇，唯一不會改變的，就是難看。食材就算營養，如果烹調令人難以下嚥，必然降低接受度。從第一本著作至今，亞然依舊維持文字的高度溝通性，不花稍煽情但也絕不枯燥乏味。即使港台用語並非完全相同，對台灣讀者來說也不造成閱讀障礙。甚至，處於當下時空，還可能感到更加親切，或說更為必要——在金融與美食之外，香港這幾年究竟如何變化，或悲或喜，已不再是香港自己的問題，而是全球關注熱點。作為一海相隔、兩小時飛機可到的鄰居，我們沒有理由不認識香港，現在甚至更有責任認識香港。

在政治研究之外，《醒來的世界》也觸及作者的其他興趣，包括足球、影集、文學、威士忌與古典音樂。在這些領域，亞然則示範了如何「廣泛討論但不逾矩」，清楚守住客觀與主觀的分際。一如政治，廣泛討論總比缺乏討論要好。就以賞樂而言，在這個一般人已把古典音樂聆聽當成一門「專業」，而非輕鬆自由欣賞的怪異時代，愈多如亞然的書寫，就愈能讓大眾讀者親近這門可以高深，但也能自在傾聽的藝術。還是那句話，政治既然是人類行為，研究政治也就不可能只關注政治。如果我們不相信不愛吃的廚師能燒出好菜，也就不該相信只言說政治，卻對人類其他行為與活動，尤其是藝術，毫無涉獵的論者。

這麼說來，或許我的話術也不算太離譜。「政治與音樂，在最理想的狀態，都是以藝術性的方式促成人際交流。」從專欄到書本，亞然以他的文字藝術，和讀者訴說他對於政治、音樂，種種所關注、所愛的論點與感想。當你閱讀《醒來的世界》，你就參與了他所開啟的對話。這個世界，或許也能更靠近理想一些。

（焦元溥，一九七八年生於台北。台大政治學系國際關係學士、美國佛萊契爾學院法律與外交碩士、倫敦國王學院音樂學博士。著有《樂來樂想》、《聽見蕭邦》、《樂之本事》與《遊藝黑白：世界鋼琴家訪問錄》等專書十餘種，並擔任國家交響樂團ＮＳＯ「焦點講座」與台中國家歌劇院「瘋歌劇」策劃，也製作並主講音頻節目「焦享樂：古典音樂入門指南」與「焦享樂：一聽就懂的古典音樂史」。）

亞然的知性散文

◎周保松

讀亞然的文字，我彷彿看到昔日的自己。這不僅是因為亞然筆下的許多場景，例如中文大學的青草地，香港街頭的抗爭，倫敦的書店和酒吧，以至他喜歡的書和音樂，我都曾親身經歷，同時更是因為他那份留學海外心繫家園的讀書人情懷，以及文字中自然流露的生活情調，我也異常親切。

亞然是我教過的學生。早在中大讀書時，他已在報紙發表文章，有讀書筆記、人物訪談，也有時事評論。從那時起，我已多少知道亞然的學問志趣，也熟悉他的文字風格。亞然畢業後，不像其他同學般投身職場，而是選擇以學術為志業，堅持知性散文書寫，記下學問路上所見所感。經年筆耕，博士尚未完成，第二本文集卻已面世，實屬難得。

以我之見，好的知性散文（intellectual essay）有幾個特點。一，文章要有實質的知識含量，能讓讀者從中增長見識，啟發思考。換言之，文章並非純粹的個人情感抒發，而是有紮實的學問基礎，尖銳的問題意識，並見到作者的立場和觀點。二，既然是討論問題，作者自然須思路清晰，立論有據，不賣弄不誇張，以理服人。三，文字不是遊戲，寫作亦非純為稻粱謀，而是有著社會和人文關懷。所謂筆下有情，最重要的是對人的關切之情。

香港是有這樣的知性散文傳統的，林行止和查良鏞便是其中的大家。《信報》、《明報》、《明報月刊》以及其他報章雜誌，也在不同時期提供了這樣的出版空間。亞然在這樣的傳統成長，吸收其中的許多養份，再結合自己獨特的生命歷程和學術訓練，遂能寫出思想與趣味兼備的知性小品。

文章千古事，得失寸心知。年輕時讀杜甫這兩句詩，感受不深。但這些年寫作下來，人到中年，竟慢慢咀嚼出其中的心情。思想沒有捷徑，寫作沒有便途，只有持之以恆，思想的莊嚴與美麗，才能通過文字走進作者生命，呈獻給讀者，並留存於世。這是值得我們努力之事。

願與亞然和所有寫作者共勉。

二〇一九年十二月八日
香港中文大學忘食齋

（周保松，英國倫敦政治經濟學院博士、香港中文大學政治與行政學系副教授。喜歡文學，關心教育，研究政治哲學。著有《在乎》、《政治的道德》（第十屆「香港書獎」）、《自由人的平等政治》、《走進生命的學問》、《相遇》、《政治哲學對話錄》等。）

自序

醒來的世界

在德國南面的小鎮度過了大半年的時間，本來已經是個遠離繁忙都市的大學小鎮，還要住在小鎮的山上，附近有一家可以維生、但也僅僅限於維生作用的小超市，除此以外什麼也沒有。閒來無事就在住宅對開的山頂空地走走，山上是一望無際的空地，秋冬時白茫茫的一片雪地，春夏染成綠油油的草地。家的窗裡窗外，都沒有人，寧靜到幾公里外駛過的救護車聲也覺得嘈吵。如此的生活，像修練淨身，也像避世淨心，以為是要戒酒或戒毒。可惜身在深山，心卻始終不在，一覺醒來，世界還是原來的世界。

這些年來，好像發生了很多事情。本來有民主的地方出現退潮、沒有民主的地方變得更沒有機會出現民主，隨之而來的是民粹主義、獨裁暴政，當我們以為這一切的倒退都只會是暫時的，但永遠一波未平一波又起，就像永無寧日。我懷疑這就是歷史書裡的亂世，又或所謂的「太平盛世」根本未曾出現和存在過。

過去一段時間，專注博士論文的同時，更用心貼近和理解世界所發生的事，寫作就是我的一份記錄。在將文章整理和重新編排的時候，發現這些文字都是有所連貫：民主政體和民粹主義是此消彼長的關係，也成為了今天的背景；大時代之下，香港台灣好像變得命運共同，但香港是先行一步；面對這樣的一切，我們應該如何自處、如何面對，我在努力尋找答案。然而，無論最後是否都是徒勞，但既然從一開始選擇了成為讀書人，以閱讀和寫作去介入這個世界，就是我唯一的責任。

曾經令上億人著迷崇拜的毛澤東說過：這個世界歸根結柢，都是我們的。其實是你們的也好，是我們的也好，太陽還是照常升起。作為一個寫作的人，用筆將當下的世界記錄下來，就如畫筆之於畫家、音樂之於作曲家一樣。

馬勒是我最喜歡的作曲家，生於十九世紀，曾經寫下九首半的交響樂（不計「大地之歌」）。他說：交響樂都應該要「像世界一樣」（A symphony must be like the world），要包含一切的事物。所以在馬勒很多的交響樂之中，一首樂曲裡面，可以出現嚴肅的送葬進行曲，同時也可以有輕鬆愉快的樂章，看似矛盾和不合，但世界本來就是這樣。有人不喜歡馬勒，覺得他的音樂太過極端誇張，那只是他／她們沒有意識到世界也是同樣的極端。而對我來說，寫作也要像世界一樣，有國家有政治，也有人和人的生活，這本小書就是寫的就是這個世界。

是為序。

GUSTAV
MAHLER

I

民粹興起，民主退潮

歷史沒有終結　民主在退潮——讀福山《身分認同》

一九九一年蘇聯解體，冷戰結束；之後一年，政治學經典著作《歷史之終結與最後一人》（*The End of History and the Last Man*）出版，宣告人類社會歷史的進程「有機會」來到終結的一刻。社會主義的衰落，象徵著意識形態的演變到了看似是終點的終點站：自由民主。那時候，做出這驚天地泣鬼神的宣告的作者——法蘭西斯・福山（Francis Fukuyama），還未滿四十歲。

儘管當時「歷史終結」之說引來很多反對聲音，其中最精采的回應，來自於福山在哈佛寫博士論文時的師父、政治學者杭亭頓（Samuel P. Huntington）的《文明衝突與世界秩序的重建》（*The Clash of Civilizations and the Remaking of World Order*）。杭亭頓說：即使意識形態的比賽已經有了結果，但自由民主的盛行不代表歷史終結，因為取而代之的是文化、宗教的衝突。這場師徒辯論，是現在讀政治學入門的第一課，是經典中的經典。無論歷史有沒有結束，兩套論述都以自由民主的扎根開花作為討論的基礎。事實上，經過上世紀末的第三波民主化（同為杭亭頓所提出的學說）之後，民主國家的數目從一九七〇年的三十五個，上升到二十一世紀初接近一百二十個，自由民主就是普世價值。

然而，最近幾年開始出現轉變，民主在退潮、民主已死等社會現象，都變成了新近出版的政治書籍名稱。自由民主不再堅挺、不再持久，而且我們逐漸意識到，這場退潮不是偶然的挫折，而是愈退愈多。更甚的是，退潮的國家並不只限於第三波或更新近民主化的政體，就連最最傳統的民主老大哥英國美國也同樣失守，近年迎來了英國脫歐和川普當選美國總統，福山的「歷史終結論」也開始正式「終結」。

眼見自己的學說和預言，跟現實世界偏離得愈來愈遠，現在還只是六十五歲的福山說：就是因為川普，一個「基本誠信、可靠、判斷力、責任感、道德都完全缺乏」（福山語）的人當選美國總統，促使他寫成剛剛出版的《身分認同》（*Identity: Contemporary Identity Politics and the Struggle for Recognition*），回應當下的政治發展。所以還是張愛玲說得好：「成名要趁早」，早成名不只可以更早「痛快」，還可以不斷修補自己奠下的根基，福山就是個好例子了。

民主退潮，以「強人」為代表的民粹主義急速崛起。民主體制受到的威脅，不再是我們以往所想像的那樣，不是軍事政變，更不是民間起義，而是以民主的方式讓民主倒退，選出了一個又一個反對民主自由的政治人物，迎來強人統治，這是對自由民主最致命的打擊。

右翼民粹主義抬頭，重新回到保護主義；不再追求多元，而是重新鞏固本來所擁有的身分認同。所以川普說：要將美國變回跟以往一樣強大（Make America Great Again），用「以往的美國」作招徠，不論這個美國是否真實存在過，他只是在說：現在的美國，不再保障真正的「美國人」。

福山認為，一切從中作梗的都是因為「身分認同」所帶來的問題。以特定的一種身分認同，團結凝聚一群在經濟上、以至是自尊上（dignity）受損的人（所謂經濟上的損失，最終所導致的其實也是自尊受損），將他們結合起來，成為一股充滿影響力的政治力量，造就了民粹主義在「一人一票」的民主選舉中異軍突起，英國脫歐如是，川普的當選也一樣。

所以福山在書中以「身分認同」為核心，探討身分認同如何將民主侵蝕。他說政治理論建基於人類行為的理論，而人類行為的理論則建基於關乎人性（human nature）的理論之上。所以當他要解釋身分政治如何影響民主的時候，他首先要處理的就是身分認同從何而來這個問題。

他一開始從柏拉圖的《理想國》中，指出人類靈魂的其中一個組成部分是 thymos（勉強譯為精神），thymos 不同於欲望和工具理性的計算，而接近價值取向的判斷，所以 thymos 就是建構身分認同的根本；福山之後再引用新教創始人馬丁・路德，提出人類有內在和外在的面向（inner/outer self）；繼而談到盧梭提出因為社會的出現，使人類開始追求得到社會的認同，一步一步將身分認同的歷史呈現出來。

當人民得不到社會的認同，就像阿拉伯之春的導火線——一個突尼西亞小販不單得不到國家的照顧，而且遭到代表著國家的執法人員公然侮辱而自尊受損，所以他只能以自焚的方法控訴。福山說，這個小販就是身分得不到認同的例子，因為國家甚至沒有把他當成一個人來看待。打著「個人自尊的受損」的旗號，可以有無窮無盡的感染力；當有人大力鼓吹自己如何不受國家專重，如何給外人入侵的時候，這種身分認同很容易會不斷壯大，最終成為今天席捲全世界的民粹主義。

面對如此風暴，曾經令福山錯誤地認為歷史已經終結的自由民主如何應對？沒有開放多元的價值，還是那個普世價值的自由民主嗎？福山在新書《身分認同》的最後一章，題目借用了列寧最有名的著作名稱——《怎麼辦？》（*What is to be done?*）提出可能的解決方法。但讀完之後，我最大的感受是想問福山：那如何做得到？

福山在最後一章對民粹主義的回應：是要建立一種開放的身分認同、一種以信念為基礎的身分認同（creedal identity），應對圍爐取暖、排除異己的身分認同。這種以信念為基礎的身分認同，就像美國一直以來所信奉的價值一樣，只要你守護美國的憲法，你就是美國人，重點是價值認同，而非血液膚色的相近。所以福山提出的解決方法，就是要更多的融合，更貫徹的開放，而不是關門拉閘阻隔移民。他說，以往的多元文化，只有開放而沒有真正的融合（assimilation），所以應該著重融合的政策。即使歐盟在過去幾年風雨飄搖，但福山說，應該擴大這種高加索人的身分，變得更包容。

福山不是沒有嘗試解答「如何做到」這個問題，像他反對「雙重國籍」這做法，認為這是危害他所希望建立的身分認同；他提出應該從教育入手，加快移民的融和；福山又說應該開創多點職位，令到移民可以對國家更有貢獻；他同時說應該合力控制邊境關口，因為國家始終有權控制邊境開放……

福山以上所提出的全部都合情合理，但民粹主義之所以在今天愈演愈烈，正是因為福山所提出的種種解決方法，大部分人都明白（而且包括這些右翼政治強人），但重點是一直都做不到。當福山再重複一次這些解決方法，實際上只是墜入套套主義之中（tautology）。

從解釋自由民主並沒有讓歷史走向終結，指出身分認同如何演變為今天的民粹主義，福山都提出了一套詳細的論述；但在當下極需要為自由民主止血的時候，福山卻是無功而回，始終答不到「怎麼辦」這條問題。幸好福山也只是六十五歲，只要飲食均衡多做運動，他仍然有很多的時間，真正寫一本可以永遠通用、不再需要修改的經典著作，福山加油！

為選舉辯：民主很差，但已經是最好的了

研究有關民主及民主化理論的時候，總會聽過幾個經典學者的大名、讀過他們的理論：像熊彼得（Joseph A. Schumpeter）、杭亭頓（Samuel P. Huntington）、羅伯特・達爾（Robert A. Dahl）、亞當・普沃斯基（Adam Przeworski）等等。這些政治學的經典學者，大都已經仙遊、對今天的民主「冇眼睇」了，唯獨普沃斯基尚在人間，見證著民主的退潮，同時繼續力挽狂瀾，為民主、為選舉做辯。

七十八歲的普沃斯基今年出版了一本小書，題為《為何為選舉費神？》（*Why Bother with Elections?*），希望為當前民主危機說一些話（例如他提醒讀者，川普的勝選、英國脫歐等等都是民主的結果）。而全書最精采的地方，是普沃斯基給民主選舉所下的一個比喻。

他形容民主是一種「令人困惑的現象（perplexing phenomenon）」：因為每次選舉都總有近一半人換來失望（所支持的候選人落敗）；就算當初押中了候選人，支持者很快都會對當選人失望。但每一次選舉，民眾都總會重燃希望投入參與，結果當然是

又再換來失望，如此「希望－失望」循環周而復始、不斷延續。普沃斯基說，能夠跟我們對民主的支持如此堅定、能相提並論的，就只有像他至今仍然每年支持兵工廠足球隊一樣（The only analogy I can think of is sport: my soccer team, Arsenal, has not won the championship in many years but every new season I still hope it will.）。這個比喻我完完全全明白。

但擁護民主是否如此非理性呢？很多人都聽過邱吉爾在二戰後說：除了所有其他曾經出現過的政體之外，民主是最差的政體（Democracy is the worst form of government except for all those other forms that have been tried from time to time）。民主很差，但已經是最好的了。但民主究竟是如何差、又如何是最好？

普沃斯基的《為何為選舉費神？》間接地解答這個問題。說是間接，因為普沃斯基所辯護的是選舉而非民主，而他又很清楚地指出：投票不一定是選舉（如不容許反對聲音參選，談不上是選舉）；而選舉又不一定是民主（如反對聲音永遠無法公平參選、勝出選舉，難言民主）。但無論如何，普沃斯基在書中嘗試提出一個道理：有得投票總比沒有投票好。

普沃斯基在書中提出了幾個因素（像經濟、平等、代表性等），論證這些因素如何在有投票的情況之下得以實踐（或至少比在非民主政體好）。但更重要的一點是，只要可以投票（即使並非有競爭的選舉），每一次投票都足以令到當權者緊張。就是每次動員過百萬民眾，在指定時間到特定地點投票，本身就不是一件容易的事。而且任何有關投票結果的數字變化，無論是得票率抑或投票率本身，都可以代表很多意思。

不過，今時今日民粹主義抬頭、人民對民主體制失去信心。普沃斯基說：寫書的時候，川普還未當選、英國還未脫歐，他對民主選舉還未如此擔心。但願普沃斯基比上文提到的福山更要身體健康（普氏比福山還年長十二歲），在這風雨飄搖的日子中，可以繼續為民主、為選舉辯。

塘鵝叢書談民粹主義（一）

英國企鵝出版集團旗下有一個非小說系列，叫塘鵝叢書（Pelican Books），平裝小開本的塘鵝都用綠松石的藍綠色做封面，配上左上角的一隻塘鵝，簡單的設計就是經典。

在海島上的蘇格蘭威士忌酒廠布萊迪（Bruichladdich），一樣以相同顏色作為品牌主調。據說每逢黃昏日落時分，太陽照在酒廠對開的海面之上，海面顏色就變成這樣可愛的又藍又綠。在倫敦百花里的水石書店（Waterstones），進門口之後轉角就有一個放滿老塘鵝的書架，五英鎊一本，每次見到書架總會想起那個黃昏的海面。

塘鵝叢書從一九三七年開始一直出版至一九八四年，賣點是一包香煙的價錢、就可讀到一本高質的書，從佛洛伊德到約翰．伯格都有塘鵝版本。這個系列在二〇一四年重新出版，每本講的都是世界大事，但凡我們有興趣想知道但又求教無門的事，出版社說：「塘鵝為你提供指引（Pelicans can be their guides）」。最近有幾部新書破天荒推出了精裝版本，硬皮塘鵝，非收藏不可。這裡要談的一本塘鵝小書，是由兩名英國學者所寫的《國族民粹主義：反抗自由民主》（*National Populism: The Revolt Against Liberal Democracy*）。

其實從英國脫歐到川普做美國總統，全世界就開始談及民粹主義這洪水猛獸，但實際上什麼是民粹主義（populism）、這股浪潮如何出現，以至民粹主義將會對我們有多大影響，我們都找不到答案，又或者是一次又一次的誤判，換來更多的恐懼。這個時候，讀塘鵝叢書就幫到我們了。

在這本小書，作者要說的其實很簡單，就是將一個又一個我們對民粹主義的想像打破，然後當我們用排除法把這些謬誤都釐清以後，我們就可以對民粹主義有更多的了解。

無論是脫歐支持者也好，抑或是川普或法拉吉（英國獨立黨前領袖）等人的粉絲，我們普遍對這一類支持者都有一些想像：都是老年男性白人；而且他們不理性，他們實際不是支持他們所投票的對象，而是為了報復和懲罰，報復政客的虛偽、懲罰政府的無能，這就是很多人所理解的民粹主義。所以只需要「佛系」面對民粹主義，等待這些老一輩的人受大自然淘汰（即等他們自然老死），天下就能回復太平。

作者說這些想法都錯得離譜，白人老男人可能是民粹主義的支持者之一，但要脫歐成功和令川普當選，至少牽涉了近半的選民，這意味有更多其他背景的人都是民粹主義支持者，他們超越了傳統左右的政治劃分，並在移民、國族身分認同等議題上找到共同點。

還有很重要一點：民粹主義早在二〇一六年以前就開始生根，同時，代表社會民主主義的政黨很早就已經跟他們本來的支持者（工人）愈走愈遠。民粹主義的出現，正正接收了本來被傳統政黨所遺棄的選民，把他們重新拉回投票站，這是很多學者檢討英國在公投成功脫歐的最大原因之一。接下來，我將會從另一本塘鵝，談更多英國脫歐和民粹主義。

塘鵝叢書談民粹主義（二）：英國脫歐是怎麼一回事

英國「第四台」的電影《脫歐：無理之戰》（*Brexit: The Uncivil War*），「福爾摩斯」班奈狄克・康柏拜區（Benedict Cumberbatch）飾演操控英國脫歐陣營的旗手多米尼克・康寧斯（Dominic Cummings），講述脫歐如何成功在公投通過。其中一個重要原因，是脫歐陣營通過大數據找到一大堆「隱形選民」，這些合資格選民的數目數以十萬計，大部分都是中、低層背景，但過去都給主流政黨所忽略，幾乎是政治絕緣。政黨將他們拋棄（特別是工黨在布萊爾年代的轉向，從工人優先變成向中間靠攏），他們也對所有政黨失去希望，康寧斯就把他們重新發掘出來。不論電影有沒有神化這個禿頭的福爾摩斯，確實愈來愈多人不滿現狀，包括主流政黨和跟歐洲走近的多元主義。更重要的是，這種不滿早就累積已久（布萊爾的新工黨出現了二十多年），脫歐並非一次意外爆發，而是有跡可尋。

剛剛出版的「硬皮塘鵝」《脫歐簡史》（*A Short History of Brexit: From Brentry to Backstop.*），作者凱文・奧弗克（Kevin O'Rourke）就是寫脫歐的歷史。從二戰之後，

美蘇統霸世界而傳統歐洲國家沒落，這些歐洲國家要能夠繼續站在世界舞台，唯一方法是聯合起來。這樣的時代背景也奠下之後歐洲國家愈走愈近、形成歐盟的基礎。

不過，跟歐洲大陸隔了一個英吉利海峽的英國，對於怎樣跟其他歐洲國家整合，無論是最初的歐洲經濟共同體還是後期的歐盟，英國的態度一直以來都猶豫不定（而且有趣的是，回到二戰剛結束後的時候，工黨是抱持疑歐的態度，保守黨則希望跟歐洲有更多融合）。對英國而言，除了進入歐洲之外，以往的大英國協（Commonwealth of Nations）以及與美國更多合作也可以是出路。

作者奧弗克是牛津大學經濟史講座教授，他的背景很有趣：雖然在歐洲出生，父親是愛爾蘭人、母親是丹麥人，在倫敦、都柏林和布魯塞爾長大，而現在則於愛爾蘭居住、在英國工作，是個完完全全的「歐洲人」。當然，他的國籍是愛爾蘭人，而愛爾蘭今天正是英國如何脫歐的關鍵所在。

脫歐和很多事情都一樣，有軟有硬，軟脫歐是指英國跟歐盟即使藕斷、但仍然絲連，像繼續留在歐洲單一市場之中；而硬脫歐則代表跟歐洲完全割席。對梅伊這位女首相來說，硬比軟來得吸引。當英國退出歐洲單一市場，意味英國跟歐洲恢復邊界管制，即貨品從歐洲進口需要海關檢查（恢復海關檢查將會增加貨物運輸時間，時間是任何工業的重要成本。本田車廠就是怕將來時間成本的增加，所以率先關掉英國西南部的廠房)。

英國大部分的領土都跟歐盟分割了一個海峽，唯獨屬於英國的北愛爾蘭跟屬於歐盟的愛爾蘭有所連接。愛爾蘭跟北愛爾蘭(英國)的領土爭議，從來都充滿衝突，但在單一市場這大家庭之下，令到北愛(英國)和愛爾蘭的邊界變得模糊，也是這個歐盟背景才能令兩個地方得以於一九九八年簽下和平協議(Good Friday Agreement)。

如果英國硬脫歐的話，那麼愛爾蘭領土問題也將重新出現，這就是今天「如何脫歐」這個問題鬧得一團糟的關鍵，看來國會主席約翰．伯科(John Bercow)還有一段時間需要大叫 Order! Order! 來維持秩序了。

II

香港變了樣

SAMSUNG

公民不認命

美國 HBO 劇集《冰與火之歌：權力遊戲》（*Game of Thrones*）終於來到最後一季，第三集打完萬眾期待的「The Great War」。儘管不是最後一戰，但這是生者與死者（white walker）、正義跟邪惡的決鬥，全集一個多小時，煙火風雪彌漫整個戰場，加上開戰時間設定在半夜，戰場能見度低得幾乎連誰生誰死也看不清楚，要重看幾次才能確認。可憐那些從第一季就開始期待這場大戰的觀眾，打起來原來是如此「暗淡無光」，實在失望。

生死正邪的正面交鋒，無論是英雄電影抑或這齣劇集，結果如何誰勝誰負都不重要，因為我們想看而且看得最投入的，就只是到了最危險的時候、發出最後吼聲的一刻，那些大大小小的角色、為了生存，為了尊嚴，為了不坐著等死，發狂衝向比自己強大十倍百倍的敵人決一生死。關鍵不是如此衝向敵人是否最有頭腦最有效，而是在面對力量不對等的敵人時，我們還有不低頭、不認命的勇氣，寧鳴死而不默生，就是這樣。

因為現實之中我們通常缺乏這種勇氣，永遠覺得現在「還未是時候」，是我們怯懦版本的 not today（劇裡面，主角之一的 Ayra 面對「死神」時所說的話）。所以我們熱中於通過虛構的劇情，找回自己其實也擁有的熱血。

而現實之中，我們也有像夜王（Night King）一樣的對手，力量強大之餘，身邊充滿各種奇形怪狀的手下，我們那個每天都堅持為某份報紙統計廣告數量的前特首，不就像那些同樣不懂疲倦、只懂將對手咬著不放的異鬼（white walker）嗎？我們的敵人又像夜王一樣，只要輕輕舉起雙手，就可以將我們昔日同一陣線的戰友眼睛「變藍」，令他們出賣尊嚴、倒戈相向，那個鬈髮的湯姓大律師不就是這樣轉了陣營嗎？

上星期，看到陳健民教授那張穿上囚服的照片，只有覺得不忍，一個受人尊敬的學者，是否真的非如此不可？或許公民抗命、占領中環、雨傘運動等等的概念，對很多人來說是愚蠢的白白送死，但除此以外，又有什麼方法能爭取到民主自由？

戴耀廷教授剛剛提出公民抗命這概念時，我正在讀美國作家梭羅（Henry David Thoreau）的《公民不服從》，最近重看依然覺得這本小書重要。他反奴隸主義，為了抗爭而不交稅，以表達對不公義政府的不滿和不信任，最後因而給判了入獄。他以「公民不服從」為題演講，短短的講辭，每句都是金句（維基百科也有全譯文，但翻譯得像 google 翻譯一樣，台灣紅桌文化的版本比較好）。他說：「就算在整個州份裡面，只有一千個、一百個，或只有十個誠實正義的人，甚至只有一個這樣的人也好，只要他願意解放奴隸，美國的奴隸制度就開始瓦解。不管開始的時候是如何微少不顯眼，只要做對了，就永遠都有意義。」

其實，我們都知道自己力量微薄，但當見到香港人又再久違地聯群結隊走上街頭，反對逃犯條例的修訂注。有人以為香港人早已心死，但原來我們仍然會抗爭。現世不安穩，我們都不認命。

注：香港特別行政區政府提出的《2019年逃犯及刑事事宜相互法律協助法例（修訂）條例草案》，主要欲修改《逃犯條例》。該草案建議移除原本《逃犯條例》對中國、澳門、台灣的地理限制，使香港可以利用「一次性」或「專案」或「特設」的協議，把疑犯移交至中國各地；因此外界又稱之為《送中條例》。

香港之所以是香港

最近看見一個又一個的團體發表聯署聲明，全香港各大中小學的學生校友、護士醫生會計師、就連師奶大媽也有屬於自己的聯署，反對有關逃犯條例的修訂。

其實我們都知道無用，沒有人會以為在簡陋的google表單上寫下名字就可以扭轉劣勢。但即使無用也必須去做，面對強權我們本來就如此脆弱，以白紙黑字將自己的名字作為對抗，也就等於是押上我們的所有。看看今天香港，防線已經差不多退到最後，再不守住，香港也不再是香港了。

那麼我們的香港，和我們香港人，究竟應該是怎樣的？

香港在外國人眼中，除了其實一點也不香港的成龍之外，還有一個重要的形象，就是每年都會悼念六四事件。想起在英國讀碩士班的時候，上一門有關中國國家與社會的政治課，教授是前《中國季刊》的主編朱莉（Julia Strauss），其中一個星期是講八九學運。我是班上唯一的香港人，課室內的人似乎都認為我應該最有想法。而她／他們的假設也不無道理，儘管八九六四的時候我還沒有出世，但我想全世界就只有香港的學生有機會會在學校裡面，詳細的學到這段歷史。差不多在每年六月左右的週會上，總會聽到校長老師說起這場發生在一九八九年春夏之交的政治風波。

那個星期朱莉教授的課，其中一本必讀的書目是*The Tiananmen Papers*（中譯本《中國「六四」真相》），化名做「張良」的作者披露當年六四發生時的官方／半官方文件，由著名的中國研究學者黎安友（Andrew Nathan）、林培瑞（Perry Link）和夏偉（Orville Schell）所編。這書在出版時都轟動，很多人出來質疑這些文件的真偽，認為書不可信。相關的爭論當年也在學術界中進行，在《中國季刊》裡就有黎安友教授對指控的答辯。不過，無論這些文件所揭示的中南海裡面、黨內核心八大元老的權力關係是如何運作，文件有多真確也好，事實都只會是學生給軍隊鎮壓。

在早陣子德國名牌相機萊卡（Leica）的廣告風波，廣告以六四事件為背景、以記者和記者的鏡頭為主角，在六四三十年之際來得非常合時。即使廣告都是虛構，而且萊卡最後也跟廣告劃清界線，但記者和記者的鏡頭，無疑是這場慘劇仍然能夠存留在世界歷史和記憶之中的關鍵。像加拿大記者阿圖・肯特（Arthur Kent）最近發表的短片〈六月黑夜〉《*Black Night in June*》，裡面就有很多當年廣場上的片段，有軍隊的廣播和槍聲，也有學生的叫喊和求救。又像Facebook的專頁「我是記者　我的六四故事」，訪問了很多當年編採的記者，憶述三十年前所發生的一切，並出版印成《我是記者——六四印記》一書。

當歷史漸行漸遠，靠的就只有將這些記錄好好保存。在這個國家所發生的一件這麼重要的歷史事件，香港一直以來都承擔了保存這段歷史的責任，而香港和香港人，就是應該這樣的。

最後的奢望

研究民主發展及香港政治的學者，似乎都沒辦法擺脫悲觀的思緒。承接馬嶽教授最近〈有些事情再也回不去了〉一文，討論了哈佛大學政治系教授李維基（Steven Levitsky）及薛比勒（Daniel Ziblatt）的新書《民主是怎樣死掉的》（*How Democracies Die*），我想講講薛比勒教授的另一本新書：《保守政黨與民主的誕生》（*Conservative Parties and the Birth of Democracy*）。並嘗試從絕望之中找點希望。

我們一般所理解的民主化，不外乎由幾個原因引發：經濟發展導致生活質素提高，中產階級及工人階級的興起、在非民主的社會中變得躁動不安，希望參與政治；公民社會不斷發展，形成一股由下而上的民主力量，對抗獨裁政權。然而，正如書名所提示一樣，薛比勒認為民主化最終能否成功實踐的關鍵，是由舊體制下掌握權力、控制大量資源的精英階層所掌握。

薛比勒分析，只有這些舊制度下的精英權貴能夠在民主化之後，組成有能力在民主制度裡面贏取選舉的政黨，才有助鞏固民主制度（democratic consolidation）；反之，即使民主制度能夠落實，也未必能夠耐得起考驗。薛比勒比較了英國和德國在十九世紀末至二十世紀初的民主化過程作為論證，英國的精英階層順利過渡至民主制度之中，透過建立有秩序、有組織的政黨，配合體制以外的壓力團體、俱樂部等民間組織，繼續在民主制度中發揮影響力。

相反，德國在民主化之後，精英階層沒有將力量集中建立政黨，反而通過操控選舉等手段，扭曲民主制度以繼續生存，民主制度一方面沒有健全落實，同時舊精英階層也沒有學懂在民主制度之下如何生存，導致民主長時間沒有在德國扎根。簡單來說，薛比勒的論點是：民主化是一種「由上而下」的過程，即使是保守、反民主的特權階級，只要他們相信可以贏得選舉、在民主制度之中保持力量，他們就會支持民主；如果不能夠，他們不會支持，而他們一日不支持民主，民主一日都不能落實。

分析這種「由上而下」的民主化並非新學說，像社會學家林茲（Juan Linz）就寫過南美的轉型經驗。而北美政治學者黃一莊（Joseph Wong）及丹・史萊特（Dan Slater）在二〇一二年，於政治學期刊 *Perspectives on Politics* 中發表了一篇經典文章，題為〈權力的讓步：亞洲發展中國家的執政黨與民主化〉（Strength to Concede: Ruling Parties and Democratization in Developmental Asia），薛比勒在書中亦多次引用。

在該篇文章入面，兩名學者分別比較台灣、南韓及印尼在獨裁統治期間的執政黨，比較這些政黨在體制轉型前（即民主化之前）的資源及政黨力量。他們的研究發現：這些獨裁政黨愈是強大、擁有愈多資源，愈有條件推展民主化過程，並且能夠在推動民主化之後繼續保持執政的力量。他們提出「有力量就可以退一步海闊天空」（conceding to thrive）的概念，國民黨在台灣推行民主化就是最佳的例子。

上世紀八〇年代，台灣在國際社會上節節敗退，「反攻大陸」早已不再可以支持國民黨繼續執政，但國民黨仍然擁有資源上的絕對優勢，在當時已經開展的低限度地方民主選舉中，也能夠取得成績。因此，國民黨在「黨外」及民間社會壓力迫使之下，開放民主選舉。因為資源上的優勢、因為政黨組織的強大，在民主化之後國民黨一直保持執政的地位，並直至二〇一六年才首次同時失去總統及國會的控制。

說完一大段理論，將討論放回今天的香港。保守建制的民建聯是今天香港最成熟的政黨，而在剛過去的九龍西補選、鄭泳舜擊敗姚松炎一役，以民建聯為首的建制力量氣勢如虹。要寄望建制陣營為香港爭取民主彷彿像天方夜譚，但當他們真的可以在民主戰場上與民主派一決高下，他們就會有更大的誘因去參與、並支持民主，因為當他們具備了可以在民主選舉中勝利的條件之後，「反民主」的立場會慢慢變成他們的負累。

在短期之內，當然不能寄望建制派會成為香港的民主奇兵，但當他們愈發展、愈適應民主選舉，他們也會面對更多的難題。而且，在威權政體不斷膨脹不斷張牙舞爪的同時，非建制派以至是公民社會亦一片頹勢，在幾乎沒有出路的局面之中，繼續尋找出路是我們唯一可以做的事。把民建聯當成為香港民主的希望，當然是異想天開，這根本不是希望，而是可悲的奢望。

暴政之下的書單

連續兩個星期過百萬人上街遊行，林鄭月娥真是前無古人。我不敢說後無來者，因為最初的時候，誰又想過有人可以比梁振英更討厭更不仁？本來在雨傘運動之後，公民社會一池死水、處於無了期的疲勞狀態，絕望之際，林鄭以近乎一己之力（配合李家超、鄭若驊等悍將）將香港人的能量重新釋放出來，讓我們知道香港原來未死。從這層意義上，葉劉姐姐的這個妹妹應記一功。林鄭月娥所創下另一前無古人之事，是她的無動於衷。過百萬人持續兩個星期，提出幾個要求，等了她這麼多日，換來的是一個敷衍的道歉，就像什麼都沒有發生過一樣，完完全全重新定義了回歸後特區政府「馬照跑，舞照跳」的意思。

經過這次逃犯條例修訂之後，我們明白政府的荒謬是可以沒有底線的，而沒有底線的荒謬是令再處變不驚的人都覺得無所適從。荒謬當前，我們要學懂如何自處，而這個時候，有點諷刺地說，我們應該慶幸全世界都一樣充滿荒謬。這意味著 we are not alone，世界各地的人民都面對著各種各樣的政治威脅；同一時間，全世界的學者和思想家都在努力著書立說，以文字抵抗這場風暴。

近幾年，不知看了多少本新書、在書裡面的序，不同作者都說因為憂國憂民，害怕川普、害怕右翼民粹主義興起、害怕暴政的重臨，因而決定提筆書寫，希望可以讓大眾在面臨現今的政治環境時，可以有所適從、有所應對，避免以往如納粹德國、共產蘇聯等悲痛歷史的重現。今天香港人面對暴政，面對一個看待人民如仇人的政權，實在有開出一張「暴政之下的書單」的必要。

第一本必讀的書，是最近出版、耶魯大學歷史系講座教授史奈德（Timothy Snyder）所寫的《暴政》（*On Tyranny*）。全書一共二十課，每課都寫得扼要簡潔，像第七課，作者說我們要認真重視我們的語言，不要輕易接受一些突然之間給廣泛使用的語句。就像《1984》，極權老大哥最厲害的操控手段就是控制語言，以空洞扭曲的語句取代我們長久以來所使用的語言。

看看今天親共媒體、消息人士，動輒就提到「外國勢力的顏色革命」，就像十惡不赦的罪行一樣，這是極度的扭曲荒謬。但實際上，政治學所理解的「顏色革命」，是民主運動推翻獨裁政權。先不說今次香港的社會運動，以開始的時候根本不以民主化為目標（純粹為了推倒送中條例），而所謂「顏色革命」這回事，如果我們相信民主價值是人民的基本權利的話，顏色革命本來就是正義的革命，一個地方能夠發生如此革命，也應該是當地人民的勝利。只有戀棧權位的獨裁者，才會害怕顏色革命。因此，我們要如史奈德教授所說，必須小心保護、珍惜語言，而要達到這個要求，唯一方法就是不斷閱讀，這也反過來引證了開此暴政書單的重要。

另一本必讀的書，是美國著名的政治哲學學者邁克爾・瓦瑟（Michael Walzer）所寫的《政治行動》（*Political Action*）。以往我們聽到邁克爾・瓦瑟這個大名，十次有九次都是發生完恐怖攻擊，我們引用他所寫的經典《正義與非正義戰爭》（*Just and Unjust Wars*），談論恐怖主義究竟是什麼一回事。但實際上，瓦瑟還寫過很多大作，其中一本就是最初在一九七一年出版、剛剛今年再版的《政治行動》。

這本小書一百頁不到，一共分為二十五課，教授寫的不是哲學理論，而是他自己在以往參與社會運動時的經驗整合。暴政當前，一方面要以知識裝備自己，另一方面更實際的是要學懂抗爭，在街頭、在社會運動中跟政府對決。這本小書本來斷版多時，最近有人把書的初版影印複製了，分發給參與社會運動的高中生閱讀。本來以為此書早已脫節，但學生愈讀愈認同，一點也不覺得過時，遂跟今年已經八十四歲的瓦瑟和出版社商討再版。

二十五個社會運動的祕訣，讀起來其實有點毛澤東的味道。簡單來說，最重要是

「有理有利有節」（當然後來司徒華華叔也引用了毛澤東的說法），那怕是微小如芝麻綠豆，也要懂得製造勝利，這樣才能保住氣勢。而另一個要訣，是要將道理「年年講，月月講，天天講」，跟身邊的人講述自己的理念，以道理說服身邊的人，將更多本來沒有靠邊站的群眾招攬到自己的陣營。這些做法聽起來傳統，卻始終最為有用。

抗爭從來都是持久戰，而這兩本加起來才二百多頁的小書，只是一個開始。將這張書單不斷更新、不斷加長，我們的力量也會愈來愈強大。

林鄭月娥的暴政

「不能再對敵人手下留情。凡是阻擋我們前進的人，全都要剷除。」二〇一九年六月十二日的香港警察，向手無寸鐵的男女老幼、向記者、向香港人，射催淚彈、射橡膠子彈的時候，表現出來就是如此的堅決狠毒。但這句話不是香港警察說的，而是希特勒所說的。

除了那些冷血和心腸歹毒的警察可以在當日笑容滿臉拍照留念之外，香港人這幾天都是心緒不寧，難以專注難以入睡，滿腦都是警察的殘暴，寫這文章也寫得吃力。心理學專家說這是「急性壓力反應」，其實都是不能忘記的創傷。活在暴政之下，翻開耶魯大學歷史系講座教授史奈德教授的《暴政》，我們都像書腰上所問一樣：「置身狂暴年代的我們，該如何面對這一切」？

這個時候一直都專心不來，書也不怎樣讀得入腦，讀了幾行又忍不住看手機看新聞，本來半個小時就讀完的這本小書，斷斷續續的讀了幾天。驟眼看這本《暴政》裡面的暴政，以為不適用於今日香港，因為史奈德教授寫的是川普上台後的美國，即本來民主的國家如何弱不禁風、要崩毀倒退淪為暴政是如何不費吹灰之力，而香港本來就是獨裁政權，從無民主授權，自然無民主可失。但讀了幾頁，又發現殘忍瘋狂的暴政，其實都無分別。此時此刻讀這本書也是最合適不過，一來貼題，二來寫得簡潔，就算一邊唱 Sing Hallelujah to the Lord，一邊讀也沒有問題。

這本書是短短的二十堂課（就像書裡面的第五課，講關於專業人士如律師等等、要有恪守倫理原則之必要，整堂課就只有三頁），史奈德教授從德國納粹主義、蘇聯共產主義等歷史教訓中，說明這些暴政並不是我們想像中的遙遠，而我們作為人民，必須在嚴防這些暴政行為滲入社會的同時，不要行差踏錯，否則隨時都會變成暴政幫兇。

這本小書作者已經寫得足夠精簡，沒有什麼總結的需要。二十堂課，每課都相連，但最最重要，還是我們要相信事實。我們沒有武裝，也沒有革命，我們只是想政府撤回條例。我不知道警察所說的「削尖的鐵枝」有多尖、有多少支，我只知道向人民開槍的是香港警察。民建聯說我們是暴徒，因為我們有組織地戴口罩眼罩、戴頭盔，但這些都是用來擋警察射向我們人民的催淚彈和他們的警棍。這些就是事實。事實是有溫度、有氣味、有畫面的，而不是盧偉聰坐在冷氣房說我們是暴動，就是暴動。我把我媽帶上街頭，但我和我媽都不是暴徒。

我讀到書的第七課，就覺得可悲。那一課的主題是「若你是軍警人員，請時時反思」。作者說，如果沒有聽命行事的警察，史達林治下的蘇聯大清洗和二戰時的猶太人大屠殺，也就都不可能執行。當然，香港警察沒有說不，他（她）們也錯過了說不的機會，所換來的，是我們從此都會記著他們的暴行，伴隨著林鄭月娥，永永遠遠地遺臭萬年。

領袖之道

中文大學政治與行政學系有一門課，課程的編號是GPAD1046，名為「領袖之道（The Art of Leadership）」，授課的是蔡子強先生。這門課雖然不是學生必修，但幾乎每年都開辦，學生在網上評價這課程「幾多例子，直接易明，亦都學到嘢」。既然林鄭月娥死不下台、誓要折磨香港人多三年，而且她不像上任梁振英一樣跟蔡子強有深仇大恨，我決定不再叫她下台，改為建議和邀請她拉大隊，聯同李家超、鄭若驊等蝦兵蟹將，一起來到中文大學，跟蔡子強學學怎樣做個政治領袖。

很多年前蔡子強寫《新君王論》，一寫就寫了五本，講政治領袖如何管治，也講政治領袖如何解決危機。這套書早就斷版，今天林鄭月娥不濟如此，似乎作者出版社都有再版之必要。這次逃犯條例的修訂，最令人意想不到的，是原來有人可以比梁振英更討厭，史無前例地將過百萬香港人團結起來一起聲討，實在無愧當日她競選時的口號We Connect。

做政治領袖，不論是民主選舉產生出來，抑或是像習大大一樣的獨裁領袖，其實都無分別，一樣是面向群眾、希望得到人民支持。但很明顯，林鄭月娥不知道怎樣才能取得人民支持（又或不知道有需要得到人民支持）。她的一舉一動、一字一句所流露出來的傲慢，隔著電視螢幕也完全感受得到。

從堅決不撤到暫緩修訂再到出來道歉，她的每一個政治決定，都是錯得出奇地離譜，慢了九拍之餘還處處顯露自己的不情不願。這個時候，蔡子強的「領袖配方」就有用了。有幾本書、幾個人物，常常都出現在蔡子強的著作裡面，像前美國總統科林頓的幕僚迪克．莫利斯（Dick Morris），此君跟蔡一樣寫過一本《新君王論》，是政治化妝（spin）的能手之一；又像前紐約市長朱利安尼（Rudolph Giuliani），他寫的《決策時刻》同樣來回出現在蔡的文章之中。

所謂領袖之道，其實都是「阿媽係女人」注。像朱利安尼在「九一一」發生之後，很快就走出來見傳媒記者，穩定全市軍心；又或者像莫利斯所說，政治人物在處理危機和醜聞，要 take the hit and move on，一字記之曰，就是要快。道歉要快，出來見記者要快，所有反應都要快。像林鄭月娥一樣拖泥帶水，動輒消失幾日，當你以為她閉關這麼一段時間，一定會想出什麼危機解決的方案，孰不知是什麼都沒有發生，出來講同樣的說話，同樣是言不由衷的道歉。既然如此，不如跟隨葉劉姐姐的教路，硬推到底，至少至少，不必遭到自己人用粗口問候。

話雖如此，究竟林鄭月娥是否真的能走完餘下三年也實在說不準。林鄭在記者會上說「這項修例工作是由香港特別行政區政府主動、自發去做」，那麼得罪全港幾百萬人事少，誤導中央、令中央尷尬、令習大大難堪事大。不過如果中央真的決定清算林鄭月娥，蔡子強的「領袖之道」她還是應該要聽要學，當做 debriefing，好好檢討一下，看看自己如何枉為四十年的公僕。

注：「阿媽係女人」，為一句香港順口溜，意思是不用解釋都知道的事。

李家超的救命書

民調結果說林鄭月娥又添紀錄，繼史無前例動員二百萬人上街之後，民意評分創下新低，上任兩年未夠就創下先河，巾幗果然半點不讓鬚眉。

這次「反送中」官逼民反，香港人身心交瘁，政治領袖本來應該以解決社會問題為任，但在過去幾個星期，這些高官領袖或神隱、或推卸責任，所觸發的社會怨氣大到前所未有，那就是她／他們的無能和失職；官員無能，則實為廢官廢人是也。此等月領數十萬（動輒過百萬台幣！）的無能廢官，態度之卑劣，面相之不堪，如何有能力在未來三年繼續施政當然是一大問題，我們市民如何能夠忍受又是另一疑問。

態度或可改變，但面相卻是從身心而發，非塗脂抹粉就可掩飾得住。要數面相最值得關注的一位，必首推保安局的李家超局長。像在近日，一哥盧偉聰和李家超同場面對記者，相比一哥肥頭耷耳、珠圓玉潤的精神飽滿，李家超永遠都是一雙無神的眼、一副無光的臉，儼如受病所困、健康出現問題，無能無力之形象深入民心的同時，也實在令人憂心他是否身體安好。先前我建議林鄭月娥旁聽蔡子強的「領袖之道」一課，希望她在餘下任期做個好領袖，現在我有一本好書推薦給李家超，看我多麼關心香港政府！

我推薦的書是台灣歷史學者皮國立教授的新著《虛弱史》（台灣商務），這本以近代華人社會對禁慾與縱慾、虛弱與壯陽為研究題材的專書，皮教授寫得生動。所謂近代華人的虛弱史，其實就是民國年間中國國力疲弱，在救國救民的之前，就必須找出積弱的原因。

芸芸解釋之中，其中一個原因就是中國人體虛氣弱，體格出現問題，自然不能跟外國人較勁。至於為何身體虛弱，則很大程度跟當時思想剛剛開放、國人以各種各樣的方式縱慾有關。無論是當時慢慢在中國扎根的西醫藥學，抑或是傳統中醫，都有大力描述縱慾之壞處，像「欲得一滴之精液，須耗四十滴之血液」之說，可見縱慾對身體之壞。

因此同一時間，不論政府或民間，都有鼓吹禁慾之必要，像蔣介石當年推行的「新生活運動」，就是要從根本改變中國人的生活習慣。現在中國的虛弱年代早已遠去，從一九三六年的柏林奧運一牌未得，慢慢演變成為運動大國（在北京奧運得到最多金牌）。但讀著這本虛弱的歷史，看作者引用當年各總各樣對虛弱或腎虧之描述，像蔣介石當年形容中國人「低著頭，頹唐不堪，一點精神也沒有……氣弱神昏，面黃骨瘦，如同鴉片煙鬼一樣要死不活的樣子」，我腦海所投射出來的虛弱形象，竟然跟李局長有幾分相像。

要解決虛弱問題也不是沒有方法，像市面上就有很多補強壯陽之藥品，但如皮教授在第四章所言，這些產品「補法多不確實」。要變得生猛強壯、有氣有力有精神，最重要的還是應該多點外出運動，呼吸新鮮空氣，不要常常躲起來。李局長，加油啊！

那夜的無伴奏大提琴組曲

在那天晚上，人在德國，坐在電腦前看著新聞，看著不同媒體、不同記者在金鐘一帶，斷斷續續所做的直播，訊號時強時弱，不時傳來不知是記者抑或示威者的吆喝，然後鏡頭晃動，是記者跟隨著示威者的跑動與逃走，就像是好萊塢喪屍片的鏡頭，那時候是香港的半夜。

立法會外的旗杆上，區旗降下一半，另一旗杆升起了染黑的區旗，畫面一陣淒涼，但這個城市在這幾星期以來的每個日夜，都比這兩枝旗杆還要淒涼。我嘗試入睡，因為在這二十二周年的回歸日，我一大早就要出發到距離我所住城市外、兩小時左右車程的小鎮，開一年一度的學術會議。但無論如何，我和其餘的幾百萬人一樣，都沒法入睡。我從床上爬起來，決定要聽一點音樂，我選了播巴哈的無伴奏大提琴組曲（The Cello Suites: J.S. Bach）。因為無論最後能否睡著，我都需要音樂把自己麻醉，把在腦中迴蕩不散的抗爭聲音遮蓋起來。

我聽的不是馬友友的版本，而是由西班牙傳奇大提琴家卡薩爾斯（Pablo Casals）

所演奏。在這幾個晚上，我一直反覆地思考著，身在這個年代底下的香港，對抗著無視人民的政權，其實是一件何等艱鉅和絕望的大事。即使再細想一下，知道香港現在的困難，跟世界上其他更苦困的地方或許是微不足道，但我們總算得上是面對著比上不足、比下有餘的難關，至少這是香港回歸以來最壞的時代，而且將來也不見得會有光明。

要為最近的香港配樂的話，沒有什麼比卡薩爾斯演奏的大提琴組曲更為合適。大提琴的低沉，聽起來原本就是如此哀傷，但卡薩爾斯的琴弓卻將本來的哀傷再變得感傷十倍，這時我想起了他的故事。加拿大作者埃里克．西布林（Eric Siblin）寫過 *The Cello Suites: J.S. Bach, Pablo Casals, and the Search for a Baroque Masterpiece*（中譯《早安，巴哈先生》，早安財經出版，二〇一九），詳細地寫了這首巴哈經典樂曲的歷史，同時寫了將這首樂曲發揚光大的卡薩爾斯的故事。

二戰之前，西班牙爆發內戰，軍事政變加上共產主義和無政府主義的交鋒，使得本來大名鼎鼎的卡薩爾斯要避走逃亡，而逃亡沒有多久就爆發二戰，本來逃亡是為了尋找安定，但二戰一來，就再也沒有安全了。當卡薩爾斯輾轉回到西班牙地區的時候，納粹德軍席捲歐洲，他們對於有名的卡薩爾斯很感興趣，想請他到德國為人民演奏。而這個時候，卡薩爾斯拒絕了軍官的要求。作為音樂家，大提琴沒法打破佛朗哥將軍的獨裁政權，面對納粹德軍的槍炮更是弱不禁風，但卡薩爾斯至少選擇拒絕為不義的政權演奏，做出最大的抵抗。

其實，他大可不必拒絕，即使含淚演奏、在壓迫之下而服膺於獨裁政權，必定沒有人會責怪，歷史更不會留下污名，但卡薩爾斯就是如此不為所動，對他來說，這一切都關乎風骨、關乎良知。我聽著卡薩爾斯的琴聲，只是不斷的想，風骨和良知對某些人來說，她／他們可曾擁有過嗎？

幻想二十年後的一個週日床上——丘世文逝世二十周年紀念

如果丘世文先生仍然在世的話……

＊＊＊

「梧桐一葉落，天下便知秋。」

雖然我始終不肯定，窗外行人路上的落葉是否從梧桐樹而來，而且現在氣候真的變了一點，好像很久沒有試過風高物燥，所以連討厭的香港腳也沒有怎樣發作，但一覺醒來就是秋風秋雨。這是我最喜歡的秋天。

真的，我愈來愈覺得，現在每覺醒來之後，在這個雖然名字一樣但很多地方都變得不同的城市之中，唯一覺得熟悉的，就只有慢慢也開始改變的天氣而已。

Mary 的事，我已不想多談。其實現在也沒有什麼有關「人」的事可以去談，因為工作上遇到的人，現在愈來愈溝通不來。不只因為年紀大了而覺得一切對話無聊，就連語言也漸漸不通。公司的人愈來愈少，新加入的，大半都不說廣東話，他們自成一家，聽唔明我噏乜，也無興趣去聽明。

我常常都想：明明香港現在一切都變得「更好」，為何我現在卻不像以往快樂？舊時最高的康樂大廈有五十二層，起好差不多十年的那棟ICC有一百一十八層；舊時巴士沒有冷氣，現在巴士可以無線上網；以前去海運大廈「行商場」是過年過節的大事，現在去到屯門元朗也有比海運大廈更大更難行完的商場……

不知從什麼時候開始，我幾乎每個週日醒來之後，都會想到這個問題。要勉強去想確實是什麼時候開始的話，我記得是大概從電視機出現了跟六點半新聞報導一樣準時的、由艾度．迪華特指揮港樂吹奏國歌的那時候開始。艾度．迪華特不是離開港樂很久了嗎？為什麼不叫現在的那個光頭指揮錄製一個新版本？

我想我以往快樂的本身，不在於最高的高樓大廈有多高，而是我們知道一切都在轉變當中，那時候的這個城市，永遠都充滿可能，而且最重要的是明天會更好，就像那時候始終相信Mary總有一天會學成歸來一樣，明天真的一定會變得更好。

就在那不知什麼時候的時候開始，就算每天仍然有報紙新聞、每日黃昏時電台還有很多比我鄰居黃伯更無聊的人打上烽煙節目[注]發表偉論（一個又一個的smart ass），這個城市卻停滯了，而且因為停滯而失去所有流動與可能，在一切可以預見的將來，彷彿再沒有令人振奮令人期待的希望。

如果一個城市有四季，這城市就在經歷秋與冬了。我喜歡秋冬的季節，卻討厭步向秋冬的城市。我討厭沒有春夏的將來，我討厭自己變得悲觀，我想我也快將失去了寫作的動力了。

＊　＊　＊

我知道這是東施效顰，顧西蒙只得一個，我不可能模仿，也模仿不來。二〇一八年（十月二十一日）是丘世文先生逝世的二十周年，我只是想：如果丘世文一直活到現在，顧西蒙週日還會在床上自言自語嗎？他的文字會如何捕捉這裡發生的所有改變？會如何精準地描畫今天權貴們的嘴臉？如果丘世文先生現在回來的話，會否終於認同他以往所否定的羅素在自傳裡說：「避免舊地重遊，生怕會因現實與回憶不符而致索然無味、敗興而歸」的說法？

我想丘世文先生不會說「香港已死」，因為香港實實在在沒有死去，至少還未完全死掉。那些現在位高權重帶領著香港的人跟丘大概是同輩，他（她）們也是香港人。香港只是到了秋冬，介乎於 Winter is coming 跟 Winter is here 之間的狀態。

我沒有機會經歷過丘世文先生的年代，沒有趕上那個時候的香港，只能通過文字回到昔日充滿可能的社會之中，這是一種錯過時代的遺憾。丘世文（或顧西蒙或胡冠文或尤明等等）的文字，無論是以什麼的身分、怎樣的性格出現，都可以將那個時代的人和事寫得生動實在，而且文字之間總是滲滿學養。我早陣子在台北的唐山書店，找到青文書屋出版的《一人觀眾》和《周日床上的顧西蒙》，如獲至寶一樣。

今時今日要找到這些舊書一點也不容易了，難得有美藝畫報社，將丘世文的舊作一本一本的重新出版。繼《周日床上》和《在香港長大》之後，《尤明實錄》剛剛出版，是丘世文以尤明的筆名、在《號外》從一九八三年到一九九八年所寫的連載專欄短文，寫香港社會特產——Smart Ass 會說的語言，篇篇都啜核精采。

拿著這本大得有點招搖的《尤明實錄》回家，在車上讀的時候幾次忍俊不禁笑了出來，嚇壞坐在我附近的人。像一九九七年的其中一則對話：「英國大選點睇呀？」「重理得佢咁多咩，九七都快到咯，邊個選到都唔影響香港嘅前途啦！」「我知，不過我想趁機會買賣英鎊，賺番一筆唧！」

讀過《周日床上》和《在香港長大》之後，很想再讀丘世文的著作。在網上見到《尤明實錄》出版的消息，立即找美藝畫報社的梁譽齡先生問什麼時候可以買到讀到。跟梁譽齡相約在地鐵站先相認、後交收，他跟我說，今年是丘先生逝世二十周年。言談之間流露著一點感傷一點唏噓，就算已經過了二十年，只要讀過丘的文字，你都會覺得香港沒有丘世文是香港很大的損失。

要去盡力彌補的話，將丘世文的一字一句重現江湖是唯一可以做到的事。梁譽齡跟我說：「大約二〇一五年九月的時候，我透過一個朋友聯絡丘太，半年後丘太回覆授權出版，當時我的原意是出版『丘世文全集』，然後開始著手處理出版計劃時，意識到兩年後就是丘先生逝世二十周年，所以就定了『世道文心』作為紀念計劃的名稱。」

「由二〇一六年開始逐本製作、逐本出版，不過製作過程比想像中複雜——不少人更以為再版一本舊書就同影印差不多。我心目中『丘世文全集』共有八本書，現在的進度大概是十個月製作及出版一本。所以這個紀念計劃大概會再持續五年左右。」我拿著美藝畫報社所出版的丘世文著作，設計都是絕對用心。小開本的《周》和《在》都厚厚實在，而最新出版特大開本、限量一千本的《尤明實錄》，請來《號外》當年的靈魂人物之一——胡君毅繪製插圖。

我問梁譽齡，處理這個規模不小的再版工作有什麼深刻的感受？「過去三十個月，我幾乎每天都面對著丘先生的作品和遺物，再加上反反覆覆地逐字逐句編校他的文章，組織和研究他的遺稿、筆記、照片、書信，甚至翻查他父親丘東明的遺物，因而編了一本書出來（《一九二〇年代長洲生活記趣》，美藝畫報社），又認識了丘太和他的二哥和弟弟，他們經常被我問長問短。」「相比之下，小時候對他的認識只限於他的數本著作，訪問也沒有讀過一篇，聲音也未聽過，對他的認識只限於一個作者的性情和思想。現在才比較全面了解丘世文這個人和他的人生，並希望透過重新整理他的作品，把他完整地呈現出來。」

最近我看了幾年前，香港電台的一集講丘世文的節目《文化樹下》，裡面提到丘世文說，每個筆名都代表他的一種性格。而讀顧西蒙也好（《周日床上》），胡冠文也好（《在香港長大》），尤明也好（《尤明實錄》），丘世文都寫得入型入格。丘世文離開了二十年是一大遺憾，在二十年後可以稍稍感到安慰的是：至少至少，有人繼續努力地把丘的文字重現民間。謝謝有心人，我們都真的需要丘世文。

注：烽煙節目，Phone-in 節目，香港譯做烽煙節目，台灣稱為叩應（Call-in）節目。是一種即時現場直播，讓觀眾致電與節目主持人或嘉賓直接對話、發表意見的節目。

III

台灣的幸福與失落

七十二年前台灣，今日香港

我的博士論文研究台灣，很多人以為我把台灣跟香港做比較，人人都說「今日香港，明日台灣」（或倒轉），不是嗎？

老實說我很怕這類口號，太過 cliché 太過 cheesy，只得濫情卻一點都不反映現實。兩個地方，即使同樣處於天朝中國的邊陲，拿來比較看似理所當然，但實際上卻有巨大分別。不論是制度抑或歷史背景，以至是社會人民的進步程度都是大不同，要真正把兩個地方拿來做比較研究，往往需要花很大力氣理清背後的差異。

作為香港人，研究台灣是向理想學習，希望有日真的可以求仁得仁，做到「今日台灣，明日香港」。看看台灣社會，就算不說他們已經有了二十多年的民主選舉，現在人家社會是把公民抗命視為有正當性的思想和行為，而同性婚姻是應該保障而且已經保障的權利，香港人真的想羨慕也羨慕不來。

至於台灣人研究香港，其實是前車之鑑、看清楚原本為台灣人度身設計的「一國兩制」有多大威力。香港今天弄成這個樣子，台灣人不單要睜開眼看，而且要仔細回帶重看，千千萬萬不要蹈香港覆轍，而台灣大學社會系的何明修教授，就在做這個工作了。他是社會運動研究的專家，近年成為研究香港的佼佼者，最近出了新書《為什麼要佔領街頭？關於太陽花運動、雨傘運動與反送中》（左岸文化），比較五年前的太陽花運動和雨傘運動。何明修從兩個地方的歷史背景開始比較，逐步分析運動結構、領袖背景等等的差異，解釋為何兩場史無前例的大型占領運動會有如此不一樣的結局。

有趣的是，如果單看前半部分、比較兩地社會運動的組織和資源，何明修說香港其實遠比台灣條件優厚，大學學生會每年有穩定財政資源，也有六十多年歷史、（曾經）組織統領各間大學的學聯，這些都是台灣學生運動所缺乏的。但從二〇〇八年的「野草莓運動」開始，台灣年輕一代成為抗爭的一代，經歷了一次又一次的運動之後（而且是一次又一次的失敗），到太陽花運動的時候終於也是開花結果的時候。

不過，說穿了兩地最大的分別，當然是在於制度。因為制度不同，台灣在太陽花運動的時候，反對的力量是可以在之後的選舉中勝出成為政府的政黨；而在香港，反對的力量是給制度趕盡殺絕的所謂「政黨」。這樣的制度背景，幾乎從運動一開始就注定了今天的結局。

所以在何明修的書裡面，提出了一個很重要的說法，對日後兩個地方的比較研究有很重要的指向，何明修說：香港要跟台灣比較，其實是應該跟一九四七年經歷完

「二二八」事件的台灣比較，那時候日本殖民政府結束對台灣的管制，取而代之是國軍政府，即使跟原來的台灣社會格格不入，但國軍政府還是將原來的本土精英連根拔起，改造全新國軍版的台灣。在今天愈來愈不特別的特別行政區、慢慢給改變成中國的一個省市，香港人應該做的，是要從七十多年前的台灣開始學起。

來，跟我一起喊：「七十二年前台灣，今日香港」！

台灣作為理論

二〇一六年七月號的《號外》，題目是「台灣作為方法——香港文藝自決的想像」，這個題目的前半部分，是學術界中所有從事台灣研究的人念茲在茲的一件事，其實不只是台灣研究，任何地方的在地研究都以此為目標，無論台灣、無論香港，都盼望所研究的地方本身可以走出國際。

「如何走進世界」這個命題當然不單單存在於學術世界，就像頂呱呱TKK的炸雞再好吃，沒辦法走出台灣的話，跟肯塔基州的炸雞也是不能相比（哪怕TKK比KFC好吃）。

所謂世界，其實都由歐美主導，要橫渡半個地球進入並且扎根是談何容易；到近十年二十載，地球出現了一個新的世界，那個世界跟我們相鄰但卻陌生，因為那裡的規則跟我們不太一樣。既然如此，唯有立足本土，先做好自己然後推銷出去。

做學術研究的時候，很多時候需要找來一套又一套的理論（通常都是西方理論）放進自己研究的個案之中，但卻不一定通用，更多時候是格格不入。與其勉強借用舶來的理論框架，不如建立自己的理論。台灣剛剛出版了一本新書《台灣理論關鍵詞》（聯經），由不同學者書寫三十二個關鍵詞，從「酷兒」到「正義」、「漂泊」到「占領」，各自從一個關鍵詞，書寫台灣專屬的理論。

像美國加州大學洛杉磯分校的史書美教授，在其中一個關鍵語「模仿」中所說，很多時候這些理論都是從摹仿和重複開始，但經過不斷改進和生產之後，這些理論慢慢就變成獨特的理論。所以，「我們可以不考慮誰是摹仿對象，誰是摹仿者，把自我和他者的權利關係持平」（紀大偉在書裡面〈酷兒〉一文當中，也提出類似的立論來將酷兒、同志等不同理論作出區分）。

其實任何地方都可以發展自己的理論，重要的地方是對本身有充足的認知。書的其中一篇文章「鬧鬼」寫得出神（師大教授林芳玫所著），對如何理解台灣有準確的認識。「鬼」是神出鬼沒、似有還無，甚至超越「存在與否」這個問題，而台灣從政治上到社會上，都充滿了鬼（這跟台灣島上有多少冤魂無關，國民黨大可放心）。

舉一個例：像永恆地困擾台灣的「主權問題」，林教授說中華民國在一九七一年退出聯合國，自此成為鬼魂。以鬼魂形容台灣比孤兒貼切，因為「中華民國」不是國家，但又不能說台灣是一個「非國家」，因為中華民國實際擁有領土國防。似是而非，是耶非耶，非鬼無屬。我們學術上喜歡說台灣是一個 de facto（實際上）的國家，而不是 de jure（法理上）國家。從此以後，說台灣是鬼就更簡潔精準。

每個地方都特殊，但其實都有值得其他地方參考的作用，所以每個地方能成為別人的方法之餘，同時能構建成理論，從而平起平坐的跟整個世界溝通，這也是地方研究的終極目標。

台灣研究的黃金時代

早前，香港《明報》副刊的「什麼人訪問什麼人」系列，訪問美國加州大學洛杉磯分校社會學系教授李靜君，談香港研究，李靜君教授是二〇一七年成立的Society for Hong Kong Studies（香港研究學社）的創會主席。研究香港不是新鮮事，前輩學者如金耀基、關信基、劉兆佳等，早在幾十年前就已經寫下不少經典著作。但以「香港研究」（Hong Kong Studies）作為群體、將一眾以研究香港為專業的學者凝聚起來，則在近年慢慢發展成形。

在歐美主導的學術世界中，地方研究（regional studies）比起領域研究（disciplinary studies，即以學術理論為首要關注）所得到的關注，從來都較少，這意味著發展地方研究並不容易。如何能夠讓「香港研究」立足於學術世界之中，是發展香港研究的最大挑戰。相比香港，「台灣研究」的發展，或可以成為我們參考反思的對象。

台灣研究在台灣本土中，多以中文作為研究、出版的語言；而以英語研究台灣的群體則主要散落在歐美不同大學之中，而我接下來談及的台灣研究，即以英語作為研究語言的台灣研究（Taiwan Studies）為對象。二〇一七年，研究台灣的英國學者、倫敦大學亞非學院（SOAS）台灣研究中心主任羅達菲（Dr. Dafydd Fell）在網上媒體台灣守望（Taiwan Sentinel）撰文，提出台灣研究在歐美學術世界中，正處於一個黃金時代（a golden era of Taiwan Studies），同時探討台灣研究現在所面對的挑戰和困難。如果香港研究正處於剛起步的階段，那麼「台灣研究的黃金時代」有多黃金？

我們先看看台灣研究在歐美學術圈中的發展：在歐洲和北美，歐洲台灣研究學會（EATS）和北美台灣研究學會（NATSA），每年都分別舉行以台灣研究作為主題的大型學術會議（一連三日，超過五十份論文匯報，過百人參與）；除此以外，還有每三年舉行一次的台灣研究世界大會（World Congress of Taiwan Studies），將全世界從事台灣研究的學者聚集起來，交流、討論各自最新的研究成果，第三屆剛剛於去年在台灣中央研究院舉行。

除學術會議之外，現在有超過十間歐美的大學設有台灣研究中心，或舉行學術活動，或開授有關台灣的學分課程，甚至在亞非學院和德州大學奧斯汀分校（University of Texas at Austin）都有頒授以台灣研究為專業的學位；而在去年新成立的台灣研究國際期刊（*International Journal of Taiwan Studies*），至今出版了三期，全部以台灣研究為關注對象的英文論文，成為台灣研究最新的出版平台。

從以上的概略，可以見到台灣研究在歐美學術圈中，慢慢形成了一個可以自給自足的平台，而不是僅僅困在亞洲研究之下。學者可以在這平台中交流、討論自己的研究，並通過平台發表、出版有關台灣研究的成果，這就是台灣研究的「黃金時代」。

那台灣研究是如何發展成今天的規模？我們談及地方研究重要性不如領域研究，而在地方研究中，學者所研究的地方不同，受到重視的程度也有分別，這不難理解，我們很容易明白中國研究比台灣研究容易得到更多關注（我避免使用研究的「重要性」來比較，因為台灣研究、香港研究也可以同樣重要），在中國這龐然大物面前，無論香港研究抑或台灣研究，都不能避免需要述說為何自己重要，而且值得成為學者研究的對象。

台灣研究能在學術世界占一位置，經歷了一次重大的轉型。台灣很早就受到西方學術圈子的關注，因為直至上世紀末，中共處於閉關狀態，西方社會要研究中國、學習中文，就只能研究在台灣、中華民國版本的中國，因此當時台灣成為了西方學者眼中的「中國縮影」（microcosm of mainland China）。

然而，當中國開放以後，台灣作為「中國縮影」的價值瞬間蕩然無存，這促使台灣研究必須重新定位，除了繼續研究台灣與中國的關係之外，更要將台灣作為一個可以與世界各地連上關係、並比較的例子。以政治學為例，台灣在上世紀九十年代民主化成功，並在之後得以鞏固發展，從而使這個地方得以成為研究民主化的一個重要例子，並可以與其他第三波民主化國家比較。而除了政治學以外，台灣研究同時包含了文學、社會學、國際關係等不同領域。

台灣研究能夠達到這高度，進入「黃金時代」，台灣政府的支持至關重要。無論是歐美各大學的台灣研究中心，抑或是分別將歐洲學者及北美學者聯結起來的歐洲／北美台灣研究學會（EATS／NATSA），這些組織都得到台灣政府的支持才能成熟發展。在台灣研究這領域中，有所謂「Big Five」的資金來源，分別是台灣教育部、文化部、外交部（包括駐外國各地的台北代表處）、蔣經國國際學術交流基金會，以及台灣民主基金會。這些官方或半官方組織提供資源，培養台灣研究在國際學術界中占一位置，這是軟實力的典型例子，而這跟遍布世界各地的孔子學院是異曲同工。不過，不同大學的台灣研究中心與孔子學院的分別，在於不同的台灣研究中心都著力避免跟大部分的孔子學院一樣，給排除在大學的主流教學體系之外。

雖然台灣研究進入了「黃金時代」，但不代表台灣研究一帆風順沒有困難。在台灣研究國際期刊創刊第一期的主題，就是探討台灣研究的現況（the state of the field），由羅達菲及台灣學者蕭新煌教授共同編輯。其中得出一些有趣的結論，例如今天大部分研究台灣的學者，即使擁有大學實任制、tenure track 的教席，卻都不是一個台灣研究的教席。大部分學者都是隸屬於社會科學學系，如政治學、社會學系之下，或棲身於中國研究（Chinese Studies）的部門之下。這意味著：這些學者都是在滿足了自己所身處的學系的研究／教學要求之後，或得到跟台灣研究相關的資助，才另外進行台灣研究。

因此，在探討台灣研究的未來發展時，其中一個迫切的目標就是希望台灣研究能夠制度化（institutionalization），而制度化要成功，就需要台灣政府改變現有資源的用法。現在台灣官方／半官方機構雖然有向大學的台灣研究中心提供不少資助，但都是以短期專案導向（project-based）的資助為主。當現在台灣研究能在歐美不同大學開花之後，下一步的關鍵就是如何扎根，使台灣研究能夠得以持續發展。

地方研究要能夠站穩陣腳，除了要證明這個地方如何在學術理論上有重要性（significance）之外，更重要的是官方資源的投放，讓有志者能夠得到資源去建立相關的體系。台灣是個有趣的地方，很多西方學者都是因為喜愛台灣而願意投身台灣研究這領域，但如果沒有資源去支持的話，再多的熱誠也很難走到今天的黃金時代。而我們不能忘記，香港同樣是一個有趣的地方，香港需要香港研究。

什麼都是藍綠

去日本旅遊，碰巧在東京澀谷車站對空地，見到幾個穿著綠色衣服的人在街頭請願，橫幅寫著「二〇二〇東京五輪（奧運）『台灣正名』請願署名活動」。這場在日本發起了超過一年的運動，突然之間，變成了二〇一八台中東亞青年運動會的兇手。

早幾天，東亞奧委會在北京開會，決定取消台中的東亞青年運動會主辦權，原因是這場「正名運動」違反了「奧運規定」。奧運的規定，是台灣參賽名字應該是「中華台北」而非台灣。中華民國政府在國共內戰之後遷到台灣，自此之後，用什麼名字來登上國際舞台，向來都充滿爭議，而在芸芸舞台之中，奧運會的爭議和變化都是最多。

從國共內戰結束到一九七一年，中華民國（而非中華人民共和國）一直是聯合國的代表，那個時候民國政府所爭取的，是要成為「一個中國」裡面的一個「中國」。所以當奧委會在一九五二年的赫爾辛基奧運、容許中華人民共和國派員參賽的時候，中華民國選擇杯葛賽事，退出比賽。到了一九六〇年羅馬奧運，奧委會要求中華民國以台灣（Formosa）名義參賽（但可保留奧委會的名稱為中華民國），中華民國一邊抗議一邊參賽，並在開幕式進場時留下經典一幕，帶頭的運動員舉起了「Under Protest」的紙牌作抗議。這個畫面也成為兩岸關係中的其中一個經典畫面。

當中華民國在一九七一年退出聯合國之後，加拿大政府在一九七六年的蒙特利爾奧運會，要求中華民國要全面改稱台灣，否則不准入境，民國政府決定再次杯葛比賽，拒絕派員參賽。那個時候，台灣（國民黨政府）一點也不願意稱為台灣。如果在當時候說，四十年之後會爭取「正名台灣」，絕對是天方夜談。直至一九八一年在瑞士洛桑簽訂協議，從此決定以中華台北名義參賽，爭議才暫時停止下來（至少沒有再杯葛賽事）。

運動場上除了運動員較勁之外，從來都是政治角力的重要場地。本來二〇一八年在台中舉行的東亞青年運動會，是東亞運改革之後的第一屆賽事。一直以來台灣都想中辦東亞運，但卻因為得不到手握三票（中國、香港、澳門）的中國首肯而未能成功。一直到二〇一四年十月，在馬英九治下迎來國共兩岸的蜜月期，台中市也因此得到東亞青年運動會的主辦權，這也是當時台中市市長胡志強（國民黨）的政績之一。不過取得主辦權的短短一個月後，胡志強就輸給民進黨的林佳龍，未能連任。及後在二〇一六年大選，台灣迎來政黨輪替，民進黨全面執政，兩岸的親密期如露亦如電，成為夢幻泡影。當年得到的，也要一併奉還。

當這場在東京發起的「正名運動」，運動的人所穿的是綠色的衣服、舉的是綠色的台灣旗幟（跟民進黨黨徽幾乎一樣），帶來的政治後果自然也會算在（或扣在）民進黨頭上。反過來說，如果現在執政的是國民黨政府、台中市市長是胡志強，主辦權會失去嗎？如果不會失去的話，這還是否「無關藍綠」？當然現實是永永遠遠都沒有如果。

台中市失去主辦權後，蔡英文說這件事是所有運動員的事，是「無關藍綠」，所以會據理力爭。不過在現實之中，大概除了柯文哲說過「垃圾不分藍綠」之外，台灣根本就沒有「無關藍綠」的事。統一還是獨立是藍綠的事，同婚立法、環境保護，以至是台大校長的任命，全部都是藍綠的事。台灣有民主，政黨輪替其實就是藍綠輪替，無論是全國政策抑或地方政治，一樣是藍綠分明。

就以台中為例，胡志強二〇一四年的另一「政績」，是要在台中設立「快捷巴士」，即在路面設置更多公車專用的車道，就像將捷運搬上路面一樣，最後卻因為胡志強好大喜功，太倉卒落成通車，道路不完善，令到整個計劃出現很多問題。

到民進黨的林佳龍接任市長之後，他在之後一年，就決定將此「快捷巴士計劃」立即全面廢除。到現在，台中市的路面上仍然有很多「出入閘機」，並在路中心有很多荒廢了的「快捷巴士」車站。有趣的是，台灣監察院調查這次事件，指出胡志強好大喜功，是罪魁禍首；而林佳龍在沒有想過如何補救就將計劃廢除，是浪費公帑。在這件事上，監察院就是超脫了藍綠，向藍綠陣營各打五十大板。

當走在台中街頭，見到一個又一個荒廢已久車站，然後見到一處處運動場館的工地（大概也不需要完工了）。這一切一切都是藍綠鬥爭的後果，這也是台灣的命運。

地下工作室

從台北回來之後，念茲在茲的是那家我經常逗留、座落在街口轉角的咖啡店。咖啡店沒有你幻想中的台灣小清新、寶島小確幸，裝修近乎簡陋、燈光總是暗暗的，咖啡小食中規中矩，而且侍應女生也沒有娃娃音、臉色幾乎比我點的那杯美式咖啡還要黑，就連播放的音樂也不是很有品味。你問這家咖啡店究竟有什麼特別，我也說不出來。

或許就是因為沒有半點做作，沒有食客自拍打卡，也沒有遊人進來獵奇擅闖，只有靜靜低頭讀書工作的熟客。我每次來都帶著書和電腦，一坐就整個下午，對我來說，這種簡單才是台灣最率真最接地氣的畫面。店外有幾張座椅，看著店員和食客，每隔半個鐘頭出去點煙抽煙是一種特別的報時。我在這家咖啡店讀了不少書，其中一本是吳明益的小說《單車失竊記》。

這小說的英文版年初入圍布克國際獎（Man Booker International Prize），鬧出來的小風波（又是如何命名台灣的爭論）蓋過了小說應該得到的肯定。王德威說吳明益的

「新即物主義」式寫作，是「身臨其境，直觀最微小也最龐大的人間和自然風景」，所以我們在小說中讀到吳明益寫蝴蝶、寫單車、寫攝影的文字都是充滿「鉅細靡遺的考據及設計」。文字之間同時出現一部又一部的相機名字，如 Contax III、LeicaM4-P，很自然就會想起吳明益寫攝影的散文集《浮光》。

用另一個說法形容吳明益的新即物主義，是他的一份認真。記得讀過郭梓祺寫《浮光》，他說吳明益寫這本有關攝影的散文集，最初的原因是為了寫《單車失竊記》，因為小說中的一個角色（阿巴斯）是攝影師。就這樣，他跑到圖書館去研究攝影，最後寫出《浮光》。

我讀小說最深刻的，不是吳明益寫的單車或大象，而是他在收購單車零件時去到的「工作室」。這家工作室在「一條無尾巷裡頭……鐵門前面堆滿了紙箱，只留一條幾乎快看不見的通道，以及拉開一半的小門」。工作室裡面「堆滿了東西」，有擺設有扭蛋機有碗盤杯皿。我覺得自己也去過這個工作室，但不可能，我去的那個不在地面而在地下一層，在新莊的輔仁大學附近。

為什麼我會去這樣的工作室？為的是買台古老的 Leica M3 相機。上網找了很久終於找到，而且賣家小苗（給他「照騙」了，原來是個大叔）有兩台可以選擇，相約見面交收，地點就是這個工作室，或更準確一點是小倉庫。地上桌上貨架上都擺滿雜物，你想得到的雜物都在這裡找到，無論是修路路牌抑或宮廷式枱燈。

最左邊的小角落放了一個防潮箱，箱內有幾十部老相機，小苗說他最近多找了兩台 Leica M3，所以放售出來。我買的一台是 M3 最早期的雙撥式過片，生產年分是一九五五年，狀態非常不錯。這些小倉庫就是如此遍布台灣街頭，我除了掛念那家咖啡店，更想念的是那個跟寶庫一樣的工作室。

政治菜市場

一個週末兩場選舉，先有台灣的「九合一」地方公職人員選舉，緊隨其後就是香港立法會補選。兩個作為北京官方語中「中國神聖領土不可分割的一部分」的地方，也是「中國神聖領土」中僅有民主選舉舉行的地方，兩個地方都是「中國之光」。

兩場選舉我都只能旁觀而無票可投，香港的選舉，除了默默祈禱希望「健康大使」（建制派參選人以此名義自居，否認自己建制派的背景）不要選上之外也無事可做，還是看彼岸台灣精采得多。台灣政治從來如菜市場一樣熱鬧，無論打開電視抑或跳上計程車，在大廈外牆抑或街角那家牛肉麵店，你都看到、聽到、感覺得到政治的包圍。

研究台灣是有趣的事，這句話從研究台灣的人口中說出來有雙重意義。大部分做台灣研究的外國學者都為台灣政治而著迷，像台灣民主化的成功（相比其他第三波民主化國家）、選舉的激烈（比起傳統西方民主國家都精采）、政黨體系的穩定（你看看南韓就知道了），這些都是台灣政治的獨特。但更有趣的是，這種對台灣樂觀正面的態度卻永遠只限於研究台灣的外國學者，台灣本地學者以至民眾都對台灣政治嗤之以鼻。

這當然不難理解，我們愈是覺得 fascinating（這是我指導老師講台灣政治時最常用的形容詞）的事，偏偏都是最荒唐最可笑的例子，同時也是對台灣人來說最可悲的生活日常，因為這些都是直接影響他們的政治人物。我們喜歡看爛透的選舉廣告（像之前朱立倫跳體操的片段）、覺得議會內的暴力抗爭是創意滿分（李敖大師放催淚氣體絕對是經典）、給「蜂蜜檸檬」和「人生短短幾個秋啊不醉不罷休」所洗腦，這些其實都是台灣政治很爛的一面。

少了一種「切膚之痛」，外國學術圈對台灣政治都更有距離也更加持平客觀。所以在入門研究台灣的時候，寫台灣政治的英文著作反而寫得更全面更好看。聽過一個說法，當有人問到有沒有好的中文著作介紹台灣政治時，最多人建議的竟然是日本學者若林正丈所寫的書。

不過最近台灣出版了一本從書名就已經很好玩的入門書——《菜市場政治學：選舉專號》（左岸文化），圍繞台灣政治而寫出很多有關民主、有關選舉的文章。「菜市場政治學」本身是個介紹政治學理論的網站，由政治學者（不少都是研究生）所寫，書裡面大部分的文章都以一個問題為題目，像為什麼村長里長的候選人通常都沒有黨籍？為什麼原住民還是國民黨的天下？為什麼國民黨會派出連勝文洪秀柱等極端候選人參選？這些問題都是台灣的社會現況，但很多時候我們卻不知道箇中原因。

如果我有機會，我想問（也希望回答）一個問題：為什麼有些政治人物總是像「不死老喬」（Immortan Joe）一樣，永遠都不肯退下來？無論在什麼地方，都一樣有這樣的人物，像宋楚瑜，像希拉蕊，像馮檢基，沒有一個地方能成為例外。

台灣年輕人的失落

這個晚上，很多台灣的年輕人都過得很不容易。走到酒吧門外，大門隔開了裡面的聲音和空氣。他低頭，點菸，深深地抽一口，然後帶著絕望嘆一口氣。他呼噴出來的煙，好像混雜很多鬱結。

他是台灣年輕人，不是那種不問世事、只懂在夜市吃喝的年輕人，當街頭有抗爭的時候你會見到他叫喊、他振臂、他憤怒；然後當街頭回復平靜，他進入研究院研究他那曾經流血流汗的街頭。「這種失落，當然不是為了民進黨而失落，怎會呢？更多是因為公投的結果太令我們意想不到，也就是一種幻滅的感覺。然後國民黨又回來，只能夠說，我們永遠沒辦法了解在地人的想法。就算知道民進黨會選得差，也不會差到這個樣子吧。好了，或許我真的是為了民進黨而失落……」

其實沒有多久之前，只是兩年多而已，蔡英文當選總統和民進黨控制立法院是如何令人期待，特別是年輕人的期待。蔡英文自立為「英派」，因為她在黨內沒有派系，不是新潮流，不是正國會，也不是謝系或蘇系。幫助蔡英文最多的是「小英」團隊，那時候進到「小英基金會」，很多都是年輕人。民進黨首次同時控制立法院和總統，不像以前陳水扁年代的分裂政府、給藍營控制的國會左右為難。但短短兩年時間，所有最初期待的都證明「少年真的太年輕了」，政府運作牽涉太多程序和掣肘。年輕人的失落早在今次選舉之前就已經浮現，只是一次選舉，將積累的情緒引爆出來。「而且民進黨再差再不濟，也跟國民黨是兩個世界。蔡英文跟吳敦義還是不一樣的吧。」他點起了第二支菸。

這次選舉更令人感傷的是公投結果。因為二〇一七年底的公投法修訂，無論是提案門檻抑或通過門檻都大大降低，所以今次選舉有十項公投議案，當中五項跟同性平權議題有關。當中支持以修改民法保障同性婚姻和實施同志教育都給大比數否決。相反，排拒同性婚姻等等的三項公投則大比數通過，這次是同性婚姻合法化在台灣的一次很大挫敗，不能以真正平等的「修民法」方式保障同志權益，而將會是以特別的「專法」對待同志。

「人就是犯賤，總是面對麻煩才懂得後悔。」他也是台灣年輕人，台中人，大學本科的時候到了香港讀書，畢業後回台北工作。他說「人是犯賤」並不是評論今次選舉，而是責怪自己沒有一早預先買高鐵車票回台中，要到最後一晚才買，不止沒有「早鳥優惠」，還差點買不到指定席的車票而要企足全程。

台中到台北，高鐵不消一小時就到了，這大概不算是很長距離的「北漂」。提到台灣的「北漂」，韓國瑜的選舉廣告將「北漂」問題無限誇張放大，說因為「北漂」而不能趕及回家見親人最後一面。然後網民一語道破，不能回家見親人最後一面但能夠回家投韓國瑜一票，這個「北漂」也真的夠孝順了。我這位台中老朋友，不是為了林佳龍，更不是為了盧秀燕，而是為了公投而回家投票。

很多台灣年輕人都一樣，投票不是為了市長市議員，他們一早就明白地方選舉其實意義不大，況且他們是「北漂」嘛，台北市長應該比台中市長對他們影響更大。無論如何，既然公投和市長都同時投票，那就順便一起都投。他說，他不是同志，但身邊太多朋友都是同志，他有義務有必要投票。二〇一七年的時候，法官提出釋憲，認為現行法例有所不足，不能保障同性伴侶的權利，所以要在兩年之內以修法或立專法的方式予以修正。

公投結果出來，他說面對這樣的結果，還是感覺到他所認識的世界和現實世界有落差。我們以為自己對所身處的世界有認知，但每次選舉之後，都會發現世界跟我們所預期的都不一樣。公投之前，台灣是全亞洲在同性平權上走得最前的地方，每次同志遊行，彩虹旗都飄揚得特別威武。公投之後，真正的「民意」底牌揭開，台灣仍然是亞洲在這議題上走得最前的一個地方，這沒有改變；只是發現前面要走的路，原來還有十萬八千里，在亞洲走得最前，原來跟終點的距離是沒有半點關係。不過這次選舉也不是完全的絕望，至少以年輕人為對象的時代力量選得不錯，繼續鞏固第三大黨、第三勢力的地位；還有很多年輕人看的YouTube頻道「上班不要看」創辦人「呱吉」邱威傑，成功當選市議員。而且，很受台北年輕人歡迎的「阿北」柯文哲，在兩大政黨夾擊之下當選，繼續可以「嗡嗡嗡」管制台北市。

「如果我不講清楚，我爸會去投姚文智的！」她也是台灣年輕人，不是那種熱血憤青，我想她再年輕一點的時候、在畢業之前，一定常常都在那些捷運地下街的廣場對著鏡子排舞練舞，就像連接中山站和雙連站的地下街中間，就有一個這樣的跳舞廣場，周圍都是鏡子，每次經過都熱鬧得很，台灣青年人真的很喜歡跳舞。

因為今次投票還有公投案要投，她說她排了一個半小時才投完票。我覺得驚訝，如果要這麼長時間才能投票，我會否願意去排？我有在桃園做生意的朋友，投票當日見到大排長龍，沒多久就放棄了。對我來說，這其實是更「正常」的反應。投票之前，柯文哲、姚文智、丁守中的造勢大會我都有去。姚文智和丁守中的支持者都是老人家，你不得不佩服這些老人如此年紀還這樣投入，大力舉旗支持叫喊。然後走到柯文哲在台北一〇一對開的造勢大會，幾乎全部都是年輕人，平均年齡大概是丁、姚支持者的三分之一（甚至四分之一）。選舉競選，我以為傳統造勢大會已經過時，但原來只要參選人仍然有魅力的話，年輕人也一樣喜歡熱鬧，願意來到造勢大會大喊「凍蒜」（閩南語「當選」）。

我問她，為什麼喜歡柯文哲？不介意「兩岸一家親」？其實她沒有太關心政治，只是覺得柯文哲是不一樣，即使其貌不揚但至少令人覺得「真實」。「柯P很cool很可愛呀。兩岸一家親……我想我死之前也不會見到兩岸有什麼改變吧。」我不知道cool跟可愛是否真的能夠並存、有沒有衝突，我只是覺得柯P背後的團隊厲害，一個「學姐」（黃瀞瑩）就已經夠吸引了。對很多年輕人來說，柯P是這次選舉的唯一安慰。

在這次選舉之後，看見台灣年輕人的失望，也許他／她們還年輕，還是對政治對選舉是切身的投入，為了所支持的人落敗而失落，為了所討厭的人當選而氣憤。然後隨著年月過去而長大，每經過多一次選舉，每次因為選舉而引起的情緒和反應也逐漸變淡，最後變成他們今天所不能理解的中年老年台灣人一樣，然後投票支持社會上年輕人所不支持的人。會是這樣的嗎？

IV

中國萬歲

是荒誕又如何

以前英國叫日不落帝國，現在中國叫「厲害了，我的國」，好像國名愈長愈有霸氣。《厲害了，我的國》本身是齣紀錄片，由央視拍攝的六集電視紀錄片《輝煌中國》剪輯而成，今年三月上映，八十六分鐘都是宣揚中華民族復興如何偉大、如何厲害。

記得以前讀選舉研究的時候，馬嶽教授講過，每逢選舉都要看畢各大媒體舉行的所有辯論，幾個媒體幾個選區，加起來要看幾十個小時。偶爾看一下那些千奇百怪候選人兩三分鐘的發言可能有趣，但再多幾個兩三分鐘就已經是痛苦折磨，但沒法子，這是研究選舉的責任，也是政治學者的淒慘。同樣，作為研究社會政治文化的人，現在人人都說「厲害了，我的國」，四億幾人民幣票房的《厲害了，我的國》，我沒法不看。我不入地獄，誰入地獄？

老實說，要看完這套個半小時的神片也不容易，我分了好幾天才看完。不像另一齣驚天地泣鬼神的《功守道》，看馬雲如何滴汗不流，打贏 Tony Jaa 甄子丹李連杰，雖然難頂，但全片二十分鐘就完事，打人的馬雲開心，收錢給馬雲打的人開心，不想看片的我也開心。

《厲》片是活脫脫的國家宣傳機器，講述中共十八大以來的中國發展。上半部宣傳中國科技的先進，那個像使盡內功說話的旁白，介紹了中國橋中國路中國車中國港和中國網，但凡「中國X」都是TMD的好。當一般國家都面對「發展vs.保育」兩難困局的時候，「厲害了，我的國」在偉大領袖習近平主治之下，當然做到兩全其美。所以《厲》的下半部，講民生講環境講少數民族等方方面面的成就。就算這個國家有任何問題，共產黨都有照顧、都解決得到。

片的內容厲害，片的製作也一樣不能小看。旁白肉麻當有趣，句句露骨噁心，光是聽到蕩氣迴腸的那一句「讓世界愛上中國造！」，眼珠幾乎向上翻騰兩周半。《厲》全片的結構，就是旁白每講完一個部分，都輯錄習近平以往的講話做總結。根據非正式統計，習近平在全片裡面出場了二十四次，平均每三分鐘習近平就出場一次；而最弔詭的地方，是習近平每次出場都加了聲音特效，加重了echo、聲音「濕」了不少，聽起來像港產片裡面的玉皇大帝觀音菩薩，非常神聖。

在片中，偶然訪問幾個平民百姓，個個最後都感人肺腑的講「感謝共產黨，共產黨萬歲」。我幾次看到中途都泛起淚光，不是想多謝共產黨，而是想起了三〇年前同樣由央視拍攝、同樣一共六集的紀錄片、那時候有過億中國人看過的《河殤》。三〇年的時間，從蘇曉康用《河殤》來鞭笞中國千年文明的衰落，到現在衛鐵（《厲》片導演）用《厲害了，我的國》來瘋狂自慰；在如此厲害如此偉大的同時，國家卻依然封閉、連一隻愛吃蜜糖的小熊維尼也容不下。不禁要問，這個國家究竟發生了什麼事？

一九八八年上映的《河殤》，蘇曉康通過大氣電波，不留情面的批判黃河文化的保守和落後，見證了這個國家短暫時間的有限度開放。然後一年過去，經過那春夏之交發生的悲劇之後，一切希望從此化成夢幻泡影。

如何從《河殤》走到《厲害了，我的國》、從鞭笞自己的文化到看著自己的文化自慰，是一個重要的轉折和問題。余英時曾經引《易經》說過，六四後的中國是「天地閉，賢人隱」。那時候或批判、或開放的人，在思想上做出巨大的轉向。我最近讀查建英的《中國波普》，正正解釋了這種人民的轉向和轉變。

她在一九九五年寫六四後中國文化界的生態，訪問當時不同的文化人，得出的結論是：經濟發展得快，政治卻發展得慢；因為過去的已經發生而且已經無法挽回，所以要向前看，要學懂的是拒絕回望而不是拒絕遺忘；這變成了所有中國人的心態，無論是大眾百姓抑或能人賢士都一樣；而且這本身並不是一種選擇，你不緊跟路線就只有一個下場：跟小熊維尼一樣，「厲害了，我的國」不歡迎你。

現在這個國家很厲害（姑勿論《厲》片入面的成就是否完全屬實），但也很荒誕。就像國家會鼓勵（或實際上規定）公司企業、中學大學在戲院包場，讓員工、學生都看這齣神片，看完之後個個都感動流涕；就像在中國城市，常常見到標語上寫著的社會主義核心價值觀有「民主」；就像馬雲可以打贏李連杰和甄子丹。是荒誕又如何？這個國家的厲害，就是在於國家的荒誕。

電視劇不死

讀過查建英的《中國波普》就知道電視劇的影響力無遠弗屆。一九九〇年，大陸播放第一齣室內取景、室內拍攝的家庭倫理劇《渴望》，席捲整個中國大陸，為當時經過六四之後變得呆呆滯滯、不知所措的中國人重新注入希望。那時大陸根本沒有像樣的電視製作，節目都是播完又播。《渴望》在北京有兩個電視台都在同時播放，不過各自於不同時間放映，查建英在書中訪問主角的「貝老師」，說她兩個電視台都有看，看完再看，因為「好戲到第二遍更好看」。

現在人人都看都談《延禧攻略》，席捲不止中國大陸，兩岸四地人民都看得出神。還是美國老學者奈爾（Joseph Nye）厲害，他提出的「軟實力理論」到現在仍然世界通用。以前的人都說，帶老一輩去東京銀座新宿走個圈，吃碗拉麵、夾夾公仔，接觸一下日本文化就自然忘記國仇家恨。現在一齣《延禧攻略》，什麼兩岸問題中港問題其實都不是問題，先看戲，你們喜歡就可以了，其他的事就慢慢再談。習近平不是老早就說過要提高國家文化軟實力嗎？現在提高了而且也征服了，真是「世界都愛上中國造」，問你死未？

這幾年一齣又一齣的大陸電視劇紅爆大中華，見到香港人看到痴痴迷迷也實在唏噓。不要說什麼《上海灘》《射鵰英雄傳》這些上世紀所謂「黃金時代」的產物，那時候我還未出世。之後的香港（說穿了是大台無綫）不是沒有拍過好的劇，二〇〇六年講越王勾踐的《爭霸》，有故事有劇情而且拍出大氣，不像現在無綫劇的粗製濫造、劇情布景選角無一不荒謬，每次看到都覺得 embarrassing。《爭霸》當年是兩地合拍，但對白是廣東話，大明星如陳坤都要配音。

《延禧攻略》我沒有看，在 Facebook 見到馮晞乾大哥說他不喜歡，他說「學做壞人，不能以做奴才為起點，太低端了。要壞，就要史詩式的壞」。宮女妃嬪鬥來鬥去小家子氣，壞人要動刀動槍才似壞人。最近看 Netflix 的西班牙劇《紙房子》（*Money Heist*），據說是 Netflix 歷史上最多人看的非英語劇集。一個幕後主腦，另加八個劫匪帶齊武器（有手槍步槍機關槍，這樣的壞人才是壞人）打劫西班牙馬德里的皇家印鈔局，但不偷不搶任何人的一分一毫，而是自己開動印鈔機，實行「量化寬鬆」印自己的銀紙。所以他們唯一要偷的是時間，要有足夠時間印二十四億歐元才撤退走人。

放心，我不會劇透，這是寫稿的應有之義，也是文化評論的道德。只有寫《功守道》我才會毫無保留揭露在片裡面馬雲大戰李連杰的結果，因為人生苦短，即使只是二十分鐘，我也不希望讀者浪費。寫稿之日，我還差三集才看完《紙房子》的第二部分；我用三日看完第一部分的十三集，看到頸緊膊痛幾乎要接受物理治療。看完躺在床上，腦裡還不斷唱著 O bella ciao, bella ciao, bella ciao, ciao, ciao（中譯：美女，再見了）這幾句歌詞，這首歌在劇中播了幾次已經將我洗腦，真要命。

我討厭「追劇」，每次追到不能自拔都覺得內疚，覺得浪費了時間。現在這種網上追劇模式，都是拜 Netflix 所賜。由《紙牌屋》開始，不再像以往電視台一星期播放一集的做法，而是一次過將整個季度的劇集都放到網上，你喜歡走傳統路線、自我節制地一星期看一集，抑或一次過追十集八集都悉隨尊便。我意志薄弱，缺乏自制能力，每次開一齣新劇都太過沉迷，看到天昏地暗，唯有盡量不看避而遠之。又或者看一些不需「追看」的劇，一集一個故事乾手淨腳，像之前講英女皇的《王冠》（*The Crown*）就最好了。

現在 Netflix 當道，早幾個月的《經濟學人》，封面就惡搞地將洛杉磯山上面的 HOLLYWOOD 改成 NETFLIX。在雜誌的專題報導說，現在埋藏在全球深海下面的寬頻光纖電纜，百分之二十的網路用量都是用來看 Netflix 劇集。這間以前做租片的公司、花了大部分的資金或拍或買大量電影劇集等不同節目，因為他們深明一個道理：觀眾只有一對眼，只要我們節目夠多夠好，觀眾就沒有「轉台」的理由。

Netflix 這個經營道理，簡單易明到不得了，而且人類愈來愈空虛，愈來愈需要得到大眾娛樂去填補，電視劇就是人類最需要的靈丹妙藥，所以 Netflix 才會花上幾百億美金去製作、購買好的節目。這個道理，香港無綫電視明白了嗎？

從「台商之眼」看中國經濟發展

台灣學者、中央研究院社會學研究所的吳介民博士，最近出版新書《尋租中國：台商、廣東模式與全球資本主義》（台大出版），談中國大陸經濟發展的歷史進程。書剛剛出版的那幾天，我到幾間書店想找介民老師的新書，書店店員都跟我擰擰頭，說「書已經賣完了，要等補貨」。一本嚴肅的純學術書，為何如此好賣、值得我們關注？

我去年在台灣進行田野研究，跟社會運動和政黨相關的人做訪問，其中一個最多受訪者提起、最受尊重的學者，就是吳介民。近年很多台灣學者，認真的將台灣和香港兩個地方做比較研究，做出研究成果的同時，也換來給香港政府禁止入境的後果，吳介民又是其中一位。但吳的老本行、研究重點，始終是中國大陸的政治經濟發展，從博士論文研究中國大陸鄉村的工業發展與「非正式私有化」，到近年提出「跨海峽政商網絡」來解釋「中國因素」在台灣的影響，一直都離不開「政治經濟」。而今次的新書，可以說是從吳介民多年以來的研究所煉成。

書的主題是「尋租」（rent seeking），以非學術的說法、解釋尋租的意思：即撈油水、找好處。而在學術上，界定一個行為是否屬於「尋租」，其中一個條件是這個「找好處」的行為，要對整個生產無貢獻，甚至是反生產、對生產構成負面影響。如果有人跟你說：中國大陸自改革開放以來，在經濟發展過程中有很多上上下下不同層級的人（或官或民），都有撈油水找好處，你大概不以為意，因為這是什麼人都知道的事實（我想，就連《冰與火之歌》裡 know nothing 的 Jon Snow 也會知道）。那麼你會問，中國和尋租，還有什麼好寫好說？

吳介民在這本四百多頁的新書中，所問的問題不是「如果尋租是反生產的話，為何中國經濟仍然能夠快速成長？」這問題誰都懂得回答，只要利潤夠大就可以抵消這些尋租行為所帶來的負面影響。因此，這本書實際所問的問題，是：「在轉型經濟中，是什麼因素使得猖獗的尋租活動可以和經濟成長並存，或不妨礙經濟成長？」進而再問：

「什麼因素使得台商（外資）願意接受尋租行為而持續在中國大陸投資經營」（全書的中心思想、立論，就在總結之前的第七章，讀者不妨先讀這一章）。要解答這個問題，吳介民從開放早期中的廣東發展模式，來做個案研究，並以去到廣東投資經營的幾間大大小小的台商作切入點，看看這些台商如何在「尋租遍野」的經濟環境中生存。

這本書裡面，最重要的研究方法，是吳介民在田野研究的時候跟台商的訪問，從中獲得最真實的第一手資料，讀起來像故事一樣，當中不少訪問都是在吳介民早期研究時、一九九〇年代初到中國大陸進行訪問時的內容。這令我想起讀博士第一年的時候，學校政治系不同老師教授，每個星期都會跟我們系裡面的十來個博士生，口耳相傳，談研究之路的經驗。其中一個星期，來講課的是《中國季刊》（*China Quarterly*）前主編朱莉教授（Julia Strauss），她說做完訪問之後，一定要把訪問好好整理，然後分類收存好，因為這些訪問結果，隨時在我們一輩子的研究中都有用。

從吳介民跟台商的訪問，是以「台商之眼（吳的說法）」看中國大陸經濟，而最有趣的，其實是看看這些四方八面的尋租行為可以如何多元化，如何像騙徒手法一樣層出不窮（當然那些尋租者其實也跟騙徒沒有很大分別）。在書中，人頭稅、工繳費匯差、排靠費、管理費、保護費等等，都是芸芸尋租的其中一種。

光聽這些特有詞彙，可能對我們理解實際的尋租行為沒有很大幫助，我就選取其中我們以為不陌生的管理費說明一下。

管理費，其實就是一種維持政商關係服務費，付了費用，就會有人幫你把大大小小你想到和想不到的煩惱都解決，亦即付了一筆大額的「尋租」費用給代理人，這名代理人就會代為處理其他的尋租行為。而這些台商心甘情願去付這些管理費、服務費，是因為這些費用「物有所值」。吳介民說，「（付這些大額的管理費）對台陽（編按：台灣一家公司）來說是一個『相對的問題』……提供外商方便進入當地市場的政商網絡」，如果不找這些代理人，情況必定更嚴峻，代價也會更大。

不過，通過滿足「尋租者」、付管理費所換來的政商關係，卻永遠都是流動的概念。「對不同的行動主體、在不同的時間點、處於不同的制度形構中」，就會有不同的命運，亦即永遠沒法取得恆久、可靠、真正的「正當性」。而這種「正當性」，在中國大陸政治體制所推動的經濟模式之中，或許從來都不存在過。

無論是台商或港商，在中國大陸做生意都要面對各種各樣的潛規則，但這些潛規則實際上是如何操作，卻不易知道。有趣的是，吳介民以台陽公司早期的研究中，發現台陽在支付費用給勞動局、公安局、合資公司、宿舍出租等公司，都分別報上不同的「工人數目」，對公安局說工廠有一千個工人，對合資公司則說有六百個工作。這種「流動」的工人數目，揭示出「各個部門之間對於外商的經營實況欠缺良好的溝通和協調，或許這些部門根本不在乎橫向資訊的流動」。所以，來自台灣的幹部才會說：「（即使工廠有十萬個工人）打死都（說）是二萬五千個人，共產黨不可能到床鋪用公安一個一個數人頭，這樣你明白了吧。」

從台商在廣東這二、三十年來的發展，經歷了興衰的過程，最後有些走上「倒閉大逃亡」的潮流，也有內遷外移，總之就是離開廣東。

這些故事所反映的一個現實是，做生意本來就多變數，而在中國大陸做生意，就更如夢幻泡影，如露亦如電。中央政策隨時改變，地方政府為了生存也必須改變，就像過往能夠忽視工人保障、環境污染等問題，一旦中央重視起來，政策就會隨之改變，生產成本也直接上升，過去行之有效的經營模式（亦即滿足尋租者以換取短暫正當性）也不再有用。用台商的說法：「喝酒，無效了。」

同時，國際經濟大環境也有潮起潮落，沒有國家能夠倖免。還有外資公司（台商）本身，經過幾個年代的打拚，老的一代逐漸淡出，第二代管理者擔起大旗，卻也面對公司內部老一輩的不服從而舉步維艱。

就算不談國際政治經濟、不談中國政策轉變的問題，也不談這些外資公司的世代轉變，書裡面其中一個台商例子，也能證明有關經濟發展的問題是如何複雜（也解釋了為什麼需要這麼多學者研究相關課題，我在吳介民的書裡面，看到他所引用的各種學者文獻，幾乎就包含了大半個中研院社會所的老師了）。台商「絲麥兒」是製鞋廠，以往一季的一張訂單可能是三十萬至一百萬雙，現在最多也不過十萬雙，這跟成本、跟中國大陸，或跟金融風暴都無關，而是因為網絡年代，潮流輪轉比以往更快，以往一年只有兩個季度，現在一年變成六季。生產模式就必須迎合轉變。

最後，談談吳介民老師在書開頭輕輕帶過的一個重要問題：政治身分。身分政治（identity politics）是台灣政治的核心問題，什麼都是統獨、什麼都是藍綠。而台灣政治中，政黨輪替對於台商的命運也有很重要的影響。很多人都說現在民進黨執政，經濟差到不得了。但千萬不要以為台商都一定喜歡國民黨管治台灣。

有台商說：在藍營政府之下，兩岸關係好的時候，兩邊政府自己就可以談了，不需要台商這個角色。反而在民進黨的年代，兩岸關係緊張，台商的「身分資本」更顯重要。台商說：「（一九九五至一九九六年台海危機時）中共會對我們更好，巴結還來不及！」台商之眼除了可以看中國大陸的經濟發展，原來，還可以用來看兩岸關係。

God Bless Food God

年初的時候有則大新聞，是有關蔡瀾先生在湖南的一個電視節目上、說火鍋是「最應該消失」的一種料理，原因是：火鍋只要「切好、扔進去」就可以、「沒什麼文化」。蔡生此言一出，群起攻之，都走出來說蔡瀾不懂「吃」為何事，紛紛為火鍋辯。

說是大新聞，其實跟火鍋應不應該消失、或蔡瀾懂不懂吃都無關，而是因為英國《衛報》也有報導。近年在《衛報》上，見到跟香港有關的新聞，配圖不是黃之鋒就是林鄭，今次「Hong Kong Food God」（《衛報》語）蔡瀾得《衛報》青睞，雖然報導實際跟香港無關，也算是另類為港爭光。從小時候開始，久不久就在電視機上見到蔡瀾和他的那個橙色和尚布袋，去到不同地方，把各種各樣看起來好吃、不好吃、可以吃、不可以吃的東西都放進口裡，我生下來就相信蔡瀾是 Food God 了。

我有個老朋友跟蔡瀾一樣都不喜歡火鍋，不過他是德國人，研究日本社會運動，跟蔡生一樣說得一口流利日文。有一次跟他在倫敦唐人街飲茶吃點心，見他吃得津津有味就談起食來。他說他幾乎什麼亞洲菜式都喜歡，唯一例外是shabu-shabu。他跟蔡瀾所見略同，不能理解這種用熱水淥熟的煮法有何特別，更不理解為什麼每次去到亞洲，無論在日本台灣香港也好，當地朋友總是興高采烈、說要帶他去吃「好東西」，而每次這些好東西都是火鍋。他很認真的說：it really pisses me off。

喜歡不喜歡，從來都主觀。只是身在亞洲，喜歡火鍋的都是多數，聽到蔡瀾說火鍋沒有文化自然覺得不是味兒。就像你是蘇格蘭人，周圍跟其他人說蘇格蘭威士忌應該消失，這是政治不正確。不過蔡瀾先生生得逢時，現在政治不正確最多引來網軍攻擊，如果回到古代，恐怕會另有下場。

最近讀《皇上吃什麼》（聯經），李舒編寫，談清朝故宮的飲食，考據不少當時詳記皇宮大小事的檔案，如《哈密瓜、蜜荔枝底簿》記載皇帝如何分配荔枝、《明實錄》記載明神宗分了多少條珍品「鰣魚」給張居正等。而書的其中一章就提到火鍋在清朝時也一樣大熱。

要數火鍋「粉絲」，乾隆皇帝一定榜上有名。作者翻查故宮檔案，單舉乾隆五十四年（一七八九年）為例，一年之中乾隆就吃了超過二百次火鍋，一覺醒來，早餐吃一個「鹿筋拆鴨子熟鍋」，十全老人就是這樣練成。不止乾隆皇帝，慈禧太后也一樣是「火鍋控」，而且特愛滋陰的「菊花鍋」。據作者所說，慈禧有權有勢，當她要招攬大臣加盟她的旗下，其中一個方法就是請他吃火鍋。為什麼？因為慈禧最愛就是火鍋，她親自把自己的最愛分享出來，你如何 say no？

如果蔡瀾一不小心，早了二百年生在大清，隨口一句「火鍋沒文化」，不小心給慈禧太后聽到的話，到時真的要 God Bless Food God 了。

五糧液與管弦樂團

在倫敦五大管弦樂團入面，除了皇家愛樂樂團（Royal Philharmonic Orchestra）之外我都喜歡。幾次聽皇家愛樂的經驗都是失望收場，已經跟自己說了，不會再看他們了。無論是弦樂抑或木管，音色都又散又暗，連奏貝多芬第七交響曲也沒氣沒力。更奇怪的是，幾乎每次都在皇家愛樂的音樂會遇到怪觀眾，一次是放大版青花菜髮型的英國貴婦坐在我前面，一邊聽一邊擺動她的青花菜頭，擋住視線也隔走音樂。

另一次就更加離奇，有好一班觀眾在每個樂章停頓之後都大拍手掌，旁邊的觀眾都已經搖頭擺手叫他們靜下來，但都於事無補。整晚音樂會響了幾十次掌聲。散場的時候，很多一身紳士打扮的老樂迷都板著臉，不斷搖頭。聽古典音樂的大忌，就是樂曲未完切勿拍掌，有時就算最後一個音符已經奏完，指揮的手一天未放下、那首音樂都仍然未完，因為那種空白停頓也是音樂的一部分。

至於倫敦其他樂團，除了手執牛耳、肯定是歐洲頭三大樂團的倫敦交響樂團（London Symphony Orchestra）之外，愛樂管弦樂團（Philharmonia）是我入場看得最多的一隊。樂團總指揮是作曲家沙隆年（Esa-Pekka Salonen），他在著名音樂網站*Bachtrack*的二〇一五年世界最佳指揮中排第八。這個芬蘭小個子，每次在指揮台上都汗流浹背、滿面通紅，非常盡力。

每次去皇家節日音樂廳看愛樂管弦樂團的時候，開始之前都會在舞台兩側，投射出樂團的標誌，還有樂團的首席贊助。在Philharmonia旁邊的，總是大大字寫著「五糧液」，底下加一句「首席國際合作伙伴」，實在威武。可能是我洋奴思想，之前香港管弦樂團有場音樂會，由蘇格蘭威士忌品牌Macallan贊助，覺得很順理成章，威士忌搭管弦樂，就像飲啤酒睇波一樣，是合理的pairing。但當見到五糧液和管弦樂團放在一起，總是覺得有點違和。這些中國白酒要改變形象，應該還有很長的路。

剛剛聽了他們演奏的馬勒第六。沒錯，又是第六，過去一年我已經在倫敦聽了四次馬勒第六，頭兩次是倫敦交響樂團，還有一次是來倫敦演出的日本NHK交響樂團，這次則是沙隆年指揮的愛樂管弦樂團。

馬勒第六有幾個具爭議的地方：像這作品的標題「悲劇」是否應該出現。因為在很多馬勒演出的紀錄裡面，其實都沒有冠上這個標題。又像此曲裡面的第二、第三樂章的次序，究竟應該是詼諧曲（Scherzo）先，還是行板（Andante）為先，都已經爭拗多年而且沒有定案。以沙隆年為例，他就用了「詼諧曲－行板」的次序，而之前聽的拉圖版本，他就用了相反的「行板－詼諧曲」次序。還有一個爭議，就是第四樂章裡面大槌仔聲的次數，大槌仔的轟炸，意味著死神的敲門。不過這個問題，現在已有共識：都是兩下槌仔，而非三下。

豬年豬事

農曆新年狗去豬來，不管生肖屬豬的人未來一年是否真的犯太歲，生而為豬的一眾「豬們」，從白豬到野豬，本命年未到就已經諸事不順。像在香港，生而眾多而且豬滿為患的野豬，因為不懂得交通規則而遭全城聲討，一時要被人囚禁孤島，一時要被人引入「天敵」、在都市上演「在森林和原野」的物競天擇。不過，豬的歹命不只限於香港，所以豬們也不必羨慕其他地方的同伴、無謂講「來生不做香港豬」這樣的晦氣說話。

在丹麥，養豬賣豬是當地其中一種重要工業（至少比製造藍色鐵罐曲奇餅來得重要），豬的數量幾乎是丹麥人的一倍，每年豬肉的出口是以過百億港元計算。面對來勢洶洶的非洲豬瘟，當局為了保障當地豬業而推行預防措施，其中一項就是仿效美國總統川普的專長：修築城牆。丹麥政府在與德國接壤的邊境，正在興建全長七十公里、一點五米高、而且還加配了電網的圍牆，為的是要防止不懂得分清國界、常常非法入境的德國野豬進入丹麥範圍。

雖然德國暫時未有非洲豬瘟問題，但預防勝於治療，丹麥政府是高瞻遠矚的。至於為何是一點五米高，當然也有解釋，畢竟外國政府跟香港政府有點不一樣，對於提出每個數字都有計算、都有理據，不管你是否支持政策，有理據至少能夠理直氣壯。不像香港政府，對數字一直都有種近乎偏執抓狂的迷信，如大球場改建計劃，從四萬座位減至八千，為什麼是八千而非一萬二千或六千呢？大概還是體現中國傳統文化，「有八就發」的唯好兆頭至上。

說回丹麥，一點五米高的圍牆，當局解釋這是最有效防止野豬闖關的高度，而且同時不會影響其他有權自由進出德丹邊境的動物、像野鹿等等。圍牆矮一點會有漏網之豬，高一點會剝奪其他動物的出入境權利。

講到豬的時候，豬是十二生肖中、我們最常用來將人比喻而成的一種動物（時而正面、時而負面）。但人和豬之間，最主要的還是一種吃與被吃的關係。特別是過年過節，豬都總會出現在飯桌之上。以前清朝的時候，元旦日（正月初一）有吃「福肉」的傳統，最近給內地禁播的內地劇《延禧攻略》也有提到相關情節。

所謂福肉，就是過節祭天的時候找來兩頭純黑色的豬，在祭祀之後落鍋「佛系」煮熟，不醃製不調味。皇帝皇后在殿裡吃完之後，有份參與祭典的人就可以進殿享用福肉。福肉分得愈大塊，就代表來年愈好運。不過據說這塊佛系煮成的福肉，其實非常難吃，吃完整塊更是一件苦差，所以「好運」從來都是得來不易。

中國人對食豬是推崇備至，但在外國，尤其在西方歐美國家，豬的地位卻始終不如雞牛羊。回到以前的時候，未有冷藏技術，基本上只有在冬天的時候才會「劏豬」，一來天寒地凍的時候最需要吃到新鮮的肉來補充體力，二來只有這個時間才可以把新鮮的肉盡可能保存得長久。雖然如此，豬仍然是眾肉之中，最平民最accessible的肉食，所以一般用豬所做的菜式都不是高尚菜式，有關豬最矜貴的一道菜就是食乳豬（suckling pig）了，而最好的乳豬就是出世只得三、四星期的小豬。養豬跟養人一樣，都是希望肥肥白白快高長大，養得三、四星期就把豬吃掉，當然是奢侈的行為。

今時今日，要數「豬中之王」，當然是吃橡果的伊比利亞黑豬了，要成為伊比利亞黑豬一點也不容易，必須要百分百純正血統，如果祖先們稍有一點混種，都不能得到認證批核，沒有證書，也就不值錢了。除了取得認證困難之外，這些豬中之王的另一個罕有原因，是因為牠們所吃的橡果，比豬本身還要稀有。

回到以前只可以在冬天「劏豬」的年代，用來新鮮煮食的部分其實不多，新鮮食用的只會選用里肌（loin）的部分，而其他的部位、內臟等，都會以不同方法加工醃製，一方面增加味道，但更重要的，是為了可以將肉在室溫之中保存得更久。就算到了現在（以西方社會來說），一隻豬也只有大約百分之三十用來新鮮食用。最熱門常用的加工醃製方法，當然是把豬肉製成煙肉香腸等等。近代一點的做法，就是製成午餐肉（Spam），午餐肉在一九三七年時發明，對二戰時的盟軍士兵來說是最重要的肉類。

但在英國，另一種常用的方法，是把切出來的豬肉放入裝滿鹽水的木桶，製成鹹豬肉，即 barrel pork。這後來演變成為政治學上的「pork barrel politics」、政治分贓的概念，因為以前用來給奴隸的酬庸就是鹹豬肉。

有關裝豬的木桶，喝威士忌的人會聽過，用來裝威士忌的橡木桶，其中一種就叫「豬頭桶」（hogshead barrel）。hogshead 是古時的一種量度單位，一個可以裝一整隻豬的木桶，大概就是約二百五十公升的容量。所以一桶 hogshead barrel 熟成的威士忌，大概通常能裝三百瓶威士忌。而木桶是當時一種很常用的器皿，常用不是因為木桶容易製造，而是因為圓桶形狀方便搬運（在地上滾就可以）。

雖然豬是最平民的肉類，但仍然可以從吃豬肉這件事上，反映到社會階層的差異。美國有句說話叫「living high on the hog」，因為豬的上半部分，包括了里肌等都是最有價值的部位（亦即會用來新鮮煮食的部位），而下半部則是較便宜的肋骨、豬腳等。因此，在一隻豬的身上劃一條線，同時也等於為社會劃一界線。

豬是最親民的肉類，能解決大眾對進食肉類的需求，原因只得一個：就是因為豬容易養。一個很簡單的比較就可以明白：一隻母牛要懷胎九個月才能誕下一隻小牛，而一隻母豬四個月就能誕十胞胎了。不只繁殖速度有差異，豬是雜食動物，簡單來說即是什麼都吃，不像牛羊一樣需要大量草地才能養牧。

對於一般人來說，無論歐美抑或亞洲國家，不少家庭都可以「零成本」的養幾隻豬，因為可以用各種各樣日常吃剩煮剩的東西用來餵飼，到豬養大之後，可以將值錢的部分賣出，把不值錢的部分加工醃製，然後又可以買一隻新的豬來飼養。一個家庭要「可持續發展」，養豬就是關鍵。

豬容易養，因為不用放牧、不會因為走來走去而走失；而且豬對飲食沒有要求，靠垃圾也可養活，義大利城市那不勒斯曾經以另類方法、在街上「放豬」來清潔街道。正因為豬隻「食得隨便」，所以永遠也不能洗脫骯髒邋遢的形象。

因為骯髒邋遢形象，世界上有一部分人（不計素食者）特別不吃豬肉——伊斯蘭教徒和猶太教徒。《可蘭經》上說，因為豬肉是不潔的，所以不應該吃。在穆罕默德布道的年代，舊約《聖經》已早有記載不能吃豬的經文。〈利未記〉十一章和〈申命記〉十四章分別都有提到，因為豬是「分蹄卻不倒嚼」，即不像牛羊一樣會反芻消化食物，所以都是不潔。

但實際上，舊約中的人物，很多都是早期的希伯來人，即遊牧民族，像先知亞伯拉罕就常常都在曠野跟上帝對話。遊牧民族的遊牧伙伴，包括了牛和羊，但豬本身根本就不是遊牧的動物。因此，一方面聖經的律法禁止他們進食豬肉，另一方面，豬也根本不在他們的日常生活之中。

不過，豬是「不潔」的形象也確有其事。旋毛蟲病（Trichinosis）是因為進食了未煮熟而包含旋毛蟲的肉類所感染，而豬肉則是最容易有旋毛蟲的肉類。比較兩個國家：一個是以伊斯蘭教徒為主的埃及，另一個是以天主教徒為主的西班牙，據說有歷史紀錄以來，埃及只有一人曾經感染過旋毛蟲病；而被認為是最喜歡食豬的國家西班牙（按二〇一二年統計，每年西班牙人均進食豬肉五十一點六公斤），每年平均有五十至一百宗旋毛蟲病的感染個案。旋毛蟲是在一八三五年由英國學生詹姆士・柏哲德（James Paget）所發現，而〈利未記〉大約是在公元前一千五百年左右寫成，這也是《聖經》神聖的地方了。

當然人和豬的關係，不止於食，因為人和豬其實比我們想像中還要相似（看看一些政治人物也不難發現）。科學家發現豬和人在生理建構上有很多相似的地方，對於人類病理研究有很大幫助，兩者其中一種最相似的地方，是皮膚組織的相似。

不過最後還是回到「食」這一回事，古羅馬哲學家蓋倫（Galen）在公元二百年左右曾經說：人類的肉和豬的肉在味道和口感上，都是出奇地相似。到差不多二千年後，英國小說家安東尼・伯吉斯（Anthony Burgess）在二戰後曾經在新幾內亞工作，在當地出席慶典的時候，曾經吃過一種又鮮甜又幼嫩的肉，吃得津津有味，正當他想問「這麼嫩口的豬肉，想問是豬的什麼位置？是豬頸肉、還是豬頰肉呢？」然後當地人回答：「這肉得來不易，因為是辛苦打勝仗後，從敵軍身上新鮮切下來的。」

人和豬，其實真的沒有差很遠。

V

不復回來的年代

大時代

日本作家夏目漱石曾經留學倫敦兩年，就在我校隔壁的倫敦大學學院（UCL），他說這兩年是一生中「最不愉快的兩年」。倫敦烏煙瘴氣、倫敦人冷漠無情，總之整個城市的空氣景色和聲音，全部都困擾夏目漱石。不過沒有這「最不愉快的兩年」，或許也沒有今天的夏目漱石。夏目漱石在倫敦經歷了嚴重的憂鬱和孤獨、瀕臨崩潰，因而急急返回日本，回國後不久就開始文學寫作，慢慢從教師變成小說家，寫成《少爺》和《我是貓》等大作。

夏目漱石是明治時代的作家，一套五本以夏目漱石為中心的傳記漫畫，由谷口治郎、關川夏央所畫的《「少爺」的時代》（新譯本，衛城出版），所寫所畫的就是一些「在凜冽的近代中，活得多采多姿的明治人」故事。第一和第五冊都以夏目為主角，其餘三本則分別以同一年代、跟夏目有交集的大人物，像作家森鷗外、石川啄木、思想家幸德秋水等為主角。故事開始的時候，已經是夏目漱石從倫敦回到日本之後，而這個從憂鬱的地獄脫逃出來的作家，在漫畫裡面的形態，十不離九都是一副醉醺醺的樣子。

漫畫以夏目漱石為中心，但實際講的是整個明治時代。無論從文化上抑或政治上，這大時代中的人與事，都給日本留下重要的影響。漫畫第一冊的其中一幕，發生在明治三十八年、於人來人往的新橋車站大堂之內，一個人不小心撞倒拿著一堆書的夏目漱石，書散落一地，然後一個途人走來幫忙執拾。撞倒夏目的人叫安重根，亦即在哈爾濱刺殺伊藤博文的朝鮮人；幫忙執書的年輕人則是東條英機，也就是二戰時的日本首相。在那個時候的日本，再日常的相遇也不平凡。

想在大時代中留下歷史也不容易，要麼像安重根的引刀成一快，要麼像東條英機一樣成為萬惡不赦的人，而夏目漱石寫小說也是其中一種可能。漫畫寫了這樣的一句：「時代包圍了漱石，漱石超越了時代」。準確一點的話：實際超越時代的，是漱石的文字。我想起林徽因在當年為徐志摩逝世四周年所寫的一篇悼文，如此寫道：「我們的作品會不會長存下去，就看它們會不會活在那一些我們從來不認識的人……你的詩據我所知道的，它們仍舊在這裡浮沉流落，你的影子也就濃淡參差地繫在那些詩句中……」

時代孰大孰小、每個人實際留下怎樣的歷史，當事人大概永遠都無法掌握，唯一能做的就是對得住自己、在自己所相信的價值面前站得住腳。最近莫哲暐寫鍾耀華做人認真的一篇文章寫得好看，兩位都是我在中大政政系的師兄。在最近的雨傘運動審訊之後，鍾耀華在法庭外這樣說：「真正能夠審訊這場運動，是我們每一個人……真正的審訊其實是在歷史的長河裡面。」今時今日，又有多少人有勇氣說出這句話？

女王也認可的粗獷公屋

《紐約時報》報導新加坡的黃金大廈（Golden Mile Tower）面臨清拆，題為「醜到無得救？」（Too Ugly to Be Saved?）。雖然清拆決定已經得到足夠的業主同意，但要求保育的聲音愈鬧愈大，因為黃金大廈所標誌的，是新加坡獨立建國之後經濟起飛的時代。

「清拆重建經濟效應」大戰「文化保育集體回憶」，這樣的爭論我們都不陌生，而且世界各地也有上演。不過，當清拆的對象是帶有粗獷色彩的建築而引來保育的抗議，這就變得有點弔詭。

粗獷主義之所以是粗獷（另一個說法是醜陋，討厭這類建築的人會認為是eyesore的一種），其實是上世紀現代主義風行之下，一種只重功能的體現。要顯示出對功能的尊崇，除了做好「功能」本身之外，還要將所有無用虛浮、只為帶來所謂「美感」的一切裝飾都去蕪存菁。

同時，出於實際需要，粗獷主義建築相繼建成的時間，正是二戰之後百廢待興的年代。在英國，最容易找到帶有粗獷主義色彩的建築物，是由地方政府（borough level）所提供的公營房屋（council house）。英國在戰後慢慢步向福利主義，除了英國人引以為傲的NHS（國民醫療制度）和提供免費教育之外，解決住屋需求成為英國政府的最大任務，所以要大興土木建造房屋，所建的住屋除了要有質素和安全的保證，將建造成本壓到最低也是同樣重要，粗獷主義就在這個時代背景之下橫空出世。

由英國學者所著的《福利國家之塔：英國多層住宅的建築歷史》（Towers for the welfare state: An Architectural History of British Multi-storey Housing 1945-1970），很詳細地寫了英國公營房屋在二戰後的興建歷史，當中提到不少英國建築師對當時公營房屋所下的註腳：「在美學與經濟之間，必須艱難地二選一（between aesthetics and economics ... a battle had to be fought.）」在資源緊絀的時候，最好不要對美學有太多的追求；粗獷主義的存在，本來就是體現經濟效應。

在英國，這些外型粗獷的公屋仍然隨處可見（也有部分已經拆掉），當時興建公屋沒有既定的建築公式，全部都是新的設計、新的嘗試，造就了所建的公屋大樓各有不同：有的設計成一排的樓房（slab block），有的是牙籤高樓（high point block），也有造成複式樓房（maisonette block）。而每幢高樓的屋頂、地下、陽台等的設計也不相同。

這些動輒十幾二十層高的建築物在當時英國，特別是倫敦，都有劃時代的意義。對住慣獨立屋（house）的英國人來說，高樓之中的住宅（flat）是非常新奇。戰後倫敦甚少高樓，即使有高樓也不會是住宅（如大英博物館旁邊，今天變成倫敦大學辦公室的議事大樓 Senate House）。

因此，當政府計劃在倫敦興建這些公屋高樓的時候，除了需要興建的技術和設計之外，還要得到英女王和她老公點頭同意興建。

這時候，你可能會問：究竟要女王同意什麼？答案就是要居住在倫敦正中心——白金漢宮——的這對夫婦，不介意從王宮望出外面的時候，看到藍天的同時，還會見到高樓大廈。有這兩口子的首肯，公屋才能得以興建。

我們都在路上

今年奧斯卡最佳電影《幸福綠皮書》（*Green Book*）講的是爵士鋼琴家唐納・雪利（Don Shirley）的故事，在一九六〇年代巡迴美國演出，包括到了南部的密西西比州。那時候，這些南部州份都是最歧視黑人、最多種族隔離的地方。另一齣有份競逐最佳電影的《黑色黨徒》（*BlacKkKlansman*）（絕對比《幸福綠皮書》精采），同樣講上世紀六七十年代的美國黑人運動，戲裡面提出「黑人權力」、爭取黑人權益的那個黑人領袖，名叫斯托克利・卡邁克爾（Stokely Carmichael）。

究竟一九六〇年代是個怎樣的時代？

那是充滿排斥歧視不公平的時代，也是反抗最多、革命最熱烈的時代。特別在美國，那時候搖滾樂誕生、種族性別都一樣追求平等、反戰（越戰）聲浪高漲，還有LSD（迷幻藥）、避孕藥、嬉皮文化等等的出現，好像一切重要的事、人、物都濃縮在那十年之中，留下過或深或淺、或血或淚的痕迹。張鐵志的新書《想像力的革命》（印刻），副題是「一九六〇年代的烏托邦追尋」，寫的就是這個秩序繽紛的年代。

張鐵志是搖滾樂專家，曾經留學紐約哥倫比亞大學，而哥大正是那時候各種運動的重要陣地，他說他去得最多的「匈牙利咖啡店」、那家在哥大旁邊燈光昏暗的咖啡館，當年學生罷課的時候，就聚集在這咖啡館上課。從他第一本書《聲音與憤怒》、專門談搖滾樂的歷史，到這本最新的《想》，寫的都是這個他實際上還沒有出生但卻滾瓜爛熟、像曾經活過不止一次的那個十年。

你可能問，張鐵志為什麼要寫那個已經逝去的十年？我們又為何要讀一九六〇年代的美國歷史？

只因為那時候跟現在一樣：社會上有很多的不公和荒謬，而且都不動如山的穩固。即便如此，仍然有人懷著信念出來抗爭，像在書裡面引述的「休倫港宣言」所說一樣：「如果人們認為我們看似在尋求一個不可能達到的世界，那麼就讓他們知道，我們的行動是為了避免一個缺乏想像可能性的世界。」

那時候，以黑人運動為例，除了每個人都知道的馬丁路德．金之外，還有其他黑人領袖，包括更激進的卡邁克爾。在《想》書中，張鐵志就引述了卡邁克爾的著名演說，「要阻止白人繼續毆打我們的唯一方法就是奪回我們的權力」，那就是「黑人權力」。

有熾熱的革命，只因為有不公義的強權。真正的一九六〇年代，除了革命之外，更多的是絕望，周圍的客觀環境、政治條件都是不利，人民受到壓迫之餘，卻安逸面對甚至為政府背書，政權獨裁來勢洶洶而且永不滿足。革命在那時候此起彼落，只因為每次高潮之後都有死亡，喧鬧之後都迎來死寂。不管是什麼世紀哪個年代，也不管面對怎樣的對手，抗爭，從來都是一場持久戰。

六〇年代曾經如此悲壯也如此絢麗，但此刻失去希望的我們都明白到，不是每個年代都有同樣的劇本。最近跟鐵志碰面，我請他在書上簽名，他是這樣題上：「我們都在路上。」沒錯，我們都在路上，這就足夠了。

那時都艱難

在台灣逛書店跟在香港有點不一樣，書店夠大藏書夠多，就算逛連鎖的店，也總會找到一些未有留意沒有讀過的書。早陣子半夜跑到敦南店，找到費慰梅（Wilma Fairbank，中國專家、著名學者費正清的太太）寫的《林徽音與梁思成》，書是二〇一五年第七版本，書背面寫著「口碑推薦價一九九台幣」，在今時今日一碗鼎泰豐的番茄豆腐蛋花湯也要二百二十台幣的年代，一本好書還訂這個價錢，出版社不是佛心來著還有什麼原因？又想起之前讀過章詒和先生一直不太願意讓出版社為她的著作出版精裝本，為的就是不想增加出版成本、加重讀者的擔子，這是知識的溫暖。

林徽因和梁思成和他們那個年代的中國知識分子，每一個人的故事都可以寫成一齣齣的悲劇，那時生活的艱難是不可想像。不斷的逃難，不斷的遷移，為國家為國人為家人朋友自己都擔憂著，因為炸彈不只會把家庭炸得破碎，還可以將整個國家和歷史文化一併終結。他們把檔案、文物、學生等等所有的知識（他們的生命本身就是知識最重要的載體），一直往西進入內陸避難，他們對國家的貢獻比純粹棄筆從戎、引刀成一快，更為重要。

讀這些故事都沉重，費慰梅夫婦是林徽因和梁思成的好朋友，費慰梅所寫的這些故事寫得扼要爽快，概括了林、梁的不少故事，但很多地方也略嫌太過簡單，像戰時避難於李莊的時期只得六頁就帶過了。剛好作家岳南出版了新增訂的《那時的先生》（遠流出版；舊版為《南渡北歸》），詳細地記下當時李莊的情況。

當時李莊不只有林徽因和梁思成，其他學術機構單位像中研院也曾遷到四川的這個小鎮，大學者如傅斯年、李濟等也在這裡待了很久。李莊不是什麼好地方，本來就荒蕪破舊，連醫院醫生也沒有，只是那時候即使是地獄，只要沒有炮火就已經是天堂了。岳南先生的書寫得詳細，看到歷史之餘，還可以了解當時這些大人物的掙扎。要避難遷徙，那要逃到哪裡？為什麼是李莊？這跟當年更早搬到李莊的上海同濟大學有很大關係，讓更多人知道李莊這小鎮歡迎所有有需要的人，「一切需要，地方供應」。

岳南先生寫到當時傅斯年的躊躇，一方面知道四川是「天府之國」，另一方面對「在地圖上找不到的李莊」、對四川的認知也有「天下未亂蜀先亂，天下已定蜀未定」的擔心。傅孟真先生當年要做的決定，其實都艱難。而那種艱難，從梁思成兒子說的「（我的父母）也許沒有料到，這一走就是九年。此時他們都年輕、健康、漂亮，回來時卻都變成了蒼老、衰弱的病人」。

只要在當時生活過，就會如傅斯年所說：「我沒有經過中年，由少年就跳到老年了！」那時的先生，和那時生活過的人，都艱難得不能想像。

將一生斷送的蘭花指

章詒和先生出了新書《伸出蘭花指》，一部以男旦袁秋華為故事主角的中篇小說。章大姐的書每本都好看，無論是實實在在回憶上一代中國民主派如章伯鈞、羅隆基的文字，像《最後的貴族》；抑或既虛又實、寫自己十年在政治獄中的故事，像《劉氏女》、《鄒氏女》等，都一樣深刻。章大姐寫民主派的故事寫得動人，因為那些人物都是她小時候親身接觸過、見識過的父執輩。在中共失控之前，那時候能圍繞她父親、同坐一桌的都是豪英。

讀《伸出蘭花指》這部小說，一個夜晚一口氣就讀完。我是認真的讀者，當知道這部書快要出版之後，我就拿起章大姐的《伶人往事：寫給不看戲的人看》再讀一次，像備課一樣，給不看戲也不懂戲的人如我，對唱戲的人和事都更了解。章先生的專業，是研究中國戲曲，那些上一代的名伶戲人是她的研究對象，而看戲本身也是她過去最享受、最歡樂的事。只是一九四九年以後，中國戲曲如北京的老城牆一樣，抵受不過共產黨那些年的瘋狂，崩潰而塌下。只是跟城牆不一樣，塌下來的不是泥石，而是一個又一個有血有肉的伶人，給時代所蹂躪。

所以讀《伶人往事》，就是讀那些曾經叱吒戲壇的人物，無論各自本來成就如何，最後命運卻出奇相似，像馬連良像奚嘯伯像楊寶忠，讀起來都心酸。而《伸出蘭花指》裡面的袁秋華，他的故事就是從《伶人往事》中所提煉出來的一個人物，雖然虛構但卻真實。當兩本書平排去讀時，就明白到為何章先生說寫這個小說是「寫得苦死」。因為這些故事都太過悲慘。故事中袁秋華離開家人，走上了男旦之路，練成蘭花指，最後卻斷送自己的一生。

內戰之後，先是戲改，然後土改、反右，到最後高潮的文革；從地主變成右派再變成牛鬼蛇神。所有事都接踵以來，沒有機會喘一口氣，甚至無暇去怨去問「如果沒有發生這樣的事會怎樣？」這個問題，因為一切所發生的都實在太多太快。但想回來，他們最初都是舞台上喚雨呼風的角兒。

面對政治的粗暴，就更發現唱戲的人只懂得唱戲，他們是壓根兒的不懂得革命，因為藝術家的生活，本來就是請客吃飯、娛樂大家。政治來了，他們不堪一擊，所以他們去到最後只能夠參透出一個道理，就是最好的命，要像梅蘭芳一樣，但他們最羨慕的不是梅蘭芳的功力，而是幫助梅蘭芳逃過文革的短命兒。

章詒和的書，很多都是內地禁書，《伶人往事》是其中之一，《伸出蘭花指》大概也難逃宿命。禁書之所以會禁，因為說出了會刺痛當權者的說話。而章先生的書，我們平素人讀起來也感覺到歷史遺下的傷痛；對當權者來說，這些文字都是何等鋒利的尖刀。

不可信的孫中山

住倫敦的時候，每個週六都會到英國廣播公司一趟，兼職掙外快。大倫敦市中心的街道四通八達，走兩個街口就已經是另一個地鐵車站，所以短途的話，走路省錢之餘，比需要上上落落的地鐵更快更方便。

廣播大樓在砵蘭大街（Portland Place），幾次下班之後，沿大街走到福爾摩斯居住的貝克街才坐地鐵，暑天的時候，夜晚九點還是黃昏的日子多美多好。走這條路總會經過法輪功的攤檔，有法輪功的地方即是有中國人的地方，像唐人街內也有一檔。砵蘭大街上有法輪功，因為那裡有中國駐英大使館。這個大使館從清朝開始就由中國人入主，歷經幾次中國的政權交替。而更厲害的是，一八九六年，孫中山曾在這裡遭到「綁架」禁錮。一年之後，孫中山自己寫了一本書叫 *Kidnapped in London*（中譯《倫敦蒙難記》），講的就是這件當年轟動世界的事（絕對不輸今天的孟晚舟事件）。

今天我們想像孫中山遭綁架是大事，但事件發生在一九一一年以前，亦即革命真的尚未成功的時候，這事件能成為國際大事是因為這觸碰到國際法的問題。使館之內，理論上屬使館所屬國的領土，不管駐英駐美駐非也好，都不是所在地的領土範圍。所以孫中山身在清使館內，英國不能干涉。但在英國土地發生如此綁架事件，而且給傳媒廣泛報導，要英政府視若無睹也絕不可能，這就是事件的尷尬之處。

因為孫中山在廣州起義失敗，給清廷通緝追捕，輾轉流亡英國而來到倫敦，清政府得知之後，計劃在英國將孫中山緝拿回國。孫中山以當事人身分、親身寫自己的故事，本來應該足夠準確詳盡，但孫中山是「孫大炮」也非浪得虛名，事後幾次交代都有很大出入。為了解構當年究竟所為何事，只能勞煩史家左右查證。黃宇和院士是研究孫中山的權威，他寫了《孫逸仙倫敦蒙難真相》（聯經），重組當年的案情。

其中一個最大的疑問，是孫中山如何「進入」使館之內？據孫中山最初在《蒙難記》的說法，他是遭幾個中國人「誘騙」引到使館之內；但在幾十年後，孫中山幾次跟朋友說（如「四大寇」之一的陳少白），當年他是非常有型、主動跑進使館宣傳革命。是遭到誘騙抑或主動進入使館，黃宇和經過前後推理之後，始終認為前者的說法較合理。

不過有個問題始終困擾黃宇和，就是孫中山說他並不知道那個地方就是使館，所以才會給誘騙進內。但孫中山在抵達倫敦之後，幾乎天天都有路過使館（因為他每天都找的康德黎醫生，就住在使館旁邊），不可能不知道使館的所在地。而且，孫中山來英國是為了逃難，避開追捕自己的人是當時唯一重要的事情，怎可能不搞清楚使館的位置？

哪句是真、哪句是假？國父啊國父，你也真的太不可信了。

消失了的麻將桌

最近有本新書叫《研之有物》，書腰寫上一句說話：「中研院，在做什麼？！」這個問題也問得太過無聊，中央研究院當然就是做研究的工作，從天文生物農業到政治社會經濟，合共二十四個研究所、七個研究中心，可以研究的都有在研究。中研院從一九二八年在上海和南京成立以來，經過國共內戰後，隨國民黨一起搬到台灣，今年迎來九十周年。

我想，與其問中研院這九十年來在做什麼，不如換過問題：如果現在去到中研院的話，可以做什麼？

我每次回中研院的辦公室，都覺得似去郊遊，坐藍色板南線捷運到總站（南港展覽館站），然後再轉公車才到達中研院的門口。下車之後有一間郵局、一間便利店，這裡也是整個中研院園區跟外面世界所連接的地方，所以我通常都在下車之後，把握最後機會在便利店買點東西，好讓在辦公室裡肚餓的時候可以充飢。在郵局和便利店的後面就是中研院了，我的辦公室在人文社會科學館大樓，這大樓在園區裡面最深最遠的地方，從中研院門口走進去就差不多要十五分鐘，偏僻到不得了。炎炎夏日雨淋日曬，單是走這段路就已經可以鍛練意志。

對很多人來說，整個中研院根本無事可做，為什麼無端端要去遊覽呢？其實非也，中研院有個非常厲害的地方，非去不可，那就是胡適紀念館。中研院除了有胡適紀念館，還有蔡元培紀念館、傅斯年紀念室等等。這些大師先賢本身都跟中研院有密切關係：蔡元培是中研院的第一任院長，而傅斯年則是中研院歷史語言研究所的開山始祖，但他們都只是跟國民政府期間、在南京的中研院關係密切；要說跟搬到台北南港區之後的中研院有最密切關係的，就只有胡適了。

胡適在一九五七年獲任命為中研院的第二任院長（不計蔡元培之後的代理院長朱家驊先生），一九五八年的時候從美國返台後正式上任，直至在一九六二年二月二十四日，在中研院開院士會議期間心臟病發離世，其間一直都在中研院的住宅居住，而在去世之後亦安葬在中研院內的胡適公園之中。現在胡適紀念館分為三個部分，一是保留了原狀的胡適的故居，至於另外兩個部分則為資料館及胡適墓園。

炎炎夏日身在中研院，參觀胡適故居是最好的避暑方法，因為故居裡面長期冷氣大開；在面積不大的胡宅，最多的當然是書，但我找來找去都見不到一件重要的家具——麻將桌。胡適本身很喜歡打牌，在考取庚子賠款、留學美國之前，胡適曾經荒唐潦倒過，終日打牌飲酒，生活是「整夜的打牌；連日的大醉」，直到有一天終於出事：胡適之醉酒傷人，而且好傷不傷，打中的是巡捕大哥，給逮捕到巡捕房審訊。此事之後，胡適才猛然回頭重新做人，並且很快就考上了庚款，開始了留學生涯。在中研院的故居裡面，我也見到有幾支烈酒，其中就有一支看似仍未開封的古老紅牌約翰走路。

說回我沒有在胡適家中找到的那一張麻將桌。胡適晚年搬到台北之後，跟麻將桌最有關係的其實不是胡適，而是胡適夫人——江冬秀。讀唐德剛寫的《胡適雜憶》，夏志清先生的序寫得精采，其中寫到胡適與江冬秀的婚姻。胡適和江冬秀的婚事是母親之命，胡適孝順，不敢違母親之命。所以他直言，如不是母親的緣故，「吾決不就此婚……」；而夏志清說得更白：「我總覺得江冬秀女士不能算是我們一代宗師最理想的太太」、「如果江冬秀能……立志求學上進，婚後進學校或者在家裡自修，胡適一定感激莫名，享受到另一種閨房樂趣」。

夫人和胡適一起生活的時候，無論身在紐約抑或台北，對她來說都沒有很大分別，因為她一天到晚都只是打牌過日子。夏志清的序裡面提到，胡適在去世前兩天，曾經向他的祕書王志維說，希望他可幫忙在台北市中心的和平東路和溫州街的交界一帶，找間房子給太太居住，原因是：中研院的住宅是「公家宿舍，傅孟真先生（即傅斯年）給中央研究院留下來的好傳統，不准在宿舍打牌」。忍了這麼多年，胡適知道自己家中一天到晚傳出麻將聲音，始終覺得不好意思。夏志清另外還提到位處南港的中研院實在偏僻，並不方便胡太太的麻將好友，所以胡適才提出要在市中心另找房子。所以我沒有在胡適家中找到麻將桌，失望之餘還覺得策展人沒有好好還原史實，實在可惜。

胡適在中研院擔任院長時有宿舍，其實是前無古人，因為蔡元培當年也沒有宿舍。只是胡適在回台灣之前，放了口風，說希望可以在中研院蓋間小屋，方便到圖書館寫作。蔣介石聽到這個消息，二話不說就用他自己的著作《蘇俄在中國》的外文版版稅，撥出一部分之後，聯同中研院的資金，在院裡建成胡適的小屋。

雖然蔣介石為胡適付錢蓋房子，但二人關係卻千絲萬縷。就舉在台灣中研院發生的一件事作例證：一九五八年，胡適甫回台北，在中研院的就職典禮上，蔣介石發言歡迎胡適出任院長，恭維了胡適一番；然後輪到胡適發言，開口就說：「剛才總統對個人的看法不免有點錯誤，至少，總統誇獎我的話是錯誤的……」場面尷尬到不得了。蔣介石之後在日記寫回這次事件，說這是他平生遭遇的第二次「橫逆」，胡適「真是一狂人」。（至於第一次的「橫逆」，則是一九二七年在武漢給蘇聯共產國際的代表鮑羅廷羞辱）到了後來的「雷震事件」，胡蔣又再角力，蔣介石在日記上說，胡適的說話是「真正的『胡說』」。

就在胡適紀念館外，中研院旁邊，就有一座蔣公銅像，兩人就算在仙遊之後，也一直互相對立了很多年。現在民進黨政府要加快達到轉型正義，散布全台的蔣公銅像，很快就可能全部倒下，胡適終於成為胡蔣之爭的最後贏家。

胡適紀念館除了故居和資料室之外，還包括了旁邊胡適公園內的墓園，胡適就是安葬在內。有趣的是，胡適在紐約訂立遺囑時，第一條就寫著「請求而非指定我的遺體予以火葬」，至於骨灰的下落，則由執行人以「適當的方式辦理」。但去到墓園，見到的胡適卻是傳統的土葬而非火葬，原來是因為遺囑上寫的是「請求而非指定」，在胡適死後，江冬秀始終主張「棺葬」，最後就沒有按胡適在遺囑上的指示了。

不要以為這特別的「旅遊景點」沒人參觀，我去的那一天，就走來了一大批內地學生，拿著地圖找尋胡適足印。我想，能夠以如此方法接觸近代歷史，對很多人來說都不是必然。例如看看今天台灣人怎樣寫「雷震事件」，抑或胡適和蔣介石的角力，這都可能開了很多參觀者的眼界。

如果真的山長水遠來到中研院參觀胡適紀念館，就要像去迪士尼樂園一樣，一定要買紀念品。台灣人對文創一向都很有看法，所以紀念館裡面有賣印上胡適字句的杯和膠紙，就連印有胡適樣貌的眼鏡抹布都有得賣。不過，寫上胡適字句的玻璃杯，怎也及不上胡適所寫的著作。而台灣人也真的「佛心來著」，一些胡適所著、在民國六十三年（一九七四年）印製的小書，像《胡適的一個夢想》、《史達林策略下的中國》、《胡適演講集》等等，當年定價十二元新台幣，現在的定價也只是稍稍微調為十五元新台幣。這些擁有四十多年歷史的小書，賣一本就少一本了，用台灣人的說話：「不買就賠」。如果來到參觀，記得帶走一套。

VI

學不完的孤獨課

對抗孤寂

讀博士，路遙遙又無止境，兩年之後進入第二階段，開始專心寫論文。為了心無旁騖，避世搬到德國南部小鎮杜賓根（Tübingen）。杜賓根是個大學城，出版社老總跟我說，文學雜誌《今天》以前的詩歌編輯、詩人張棗也曾在這裡讀書教書，還在小鎮度過了他人生的最後時光。

張棗離世之後，北島說張棗旅德這麼多年，即使說得一口流利德文，但始終沒有適應國外的孤寂。小鎮生活簡單，基本生活必須的東西都有齊，但也僅止於此，沒有像其他大城市的姿彩。我剛好在這裡生活了一個月，大概也明白杜賓根的孤寂，真的多麼孤寂。剛剛聖誕節那幾天，我每次望出窗外，想找跟我一樣需要呼吸的生物也找不到。而面對孤寂，我們都要有自己的方法去面對、甚至學懂 embrace 這種寂寞。我的方法是走路。

我在杜賓根的宿舍位處半山之上，學校辦公室則在山腳舊城的附近。我喜歡走路，以前在倫敦最愛從國王十字的宿舍一路走到泰晤士河，省車錢之餘還可以放鬆心情。

現在只要沒有大風大雨或大雪，無論上山下山我都走路。因為是山路，有幾段路都陡峭。我笑說山路其實有點像每年四月、從和興村走上和合石的那一段路，也不算太過難行；唯一的分別，是山路兩旁所住的「居民」，和合石那段路住的是曾經活著的人，而現在我每天經過的則是活著而住在半山的有錢人。

巴黎第十二大學的哲學系教授斐德利克・葛霍（Frédéric Gros），寫過一本書叫《走路，也是一種哲學》（中譯本，八旗文化），談「Walking」究竟是什麼一回事，引了不少同樣喜歡走路的哲學家，像尼采、康德等，談談走路與他們的思辨和創作如何關係密切。其中一章，作者引述尼采說：整天坐在圖書館翻書揭書左抄右抄，寫出來的東西也會永遠帶著圖書館的一種「霉味」；只有不斷走路思考的人，看到山也看到水，寫出來的作品才會懂得呼吸。

其實也不必要像尼采一樣說得那麼戲劇性，作者說：Think while walking, walk while thinking。走路就是為了思考，因為走路最低限度可以讓人安靜下來。相比起漫無目的四處游走，我更喜歡從固定的起點走到固定的終點，日復一日的走過同樣的路，最可以讓自己機械式的進入思考模式。而走路本身就不需要其他人陪伴，只要按著自己最適合的步速，慢慢就會進入思考，走路就是獨處時最好的活動。

而在不同地方生活過之後，慢慢就發現可以走路也不是一件必然的事。在歐洲，大部分城市都是 walkable 的，風景空氣天氣等等全部都好，一年四季也可以舒舒服服的走。這在香港就已經不可能，我們可以從尖沙嘴走到太子，但我不會說走過整條彌敦道是心曠神怡，更不用說途中可以 think while walking 了。

那在香港如何對抗孤寂？或許現在除了脫逃之外，我都不知道可以怎樣了。

孤獨的人有他們自己的泥沼

有些書，在不同的處境之下讀，是會讀出截然不同的味道。那怕是同樣的文字、同樣的故事。

就像吳明益的《苦雨之地》，我想，如果我是坐在街外車來車往的咖啡店中，而不是在德國杜賓根的宿舍、窗外是擋著視線的幾棟大樹，我大概不會如此輕易進入每個故事。

這本短篇小說集，六個故事可以獨立地看，又可以因著一些共通點而連成一起。除了幾個故事裡面都有出現的一種「未來病毒（又名雲端裂縫）」，更重要的共通點是幾個故事主角都是孤獨的人，而且都有各種各樣的身體缺陷（像自閉失聰的狄子、像發育不健全的索菲），因著身體與其他人的不同而更顯得孤獨。當然，身體不需要有缺陷才能體驗孤獨，缺陷本身只是加深了那種無助的感受，就像吳明益在小說裡面的其中一個對話這樣說：「設計的話啊最好是與眾不同，但跟人不同不一定是好事」。

孤獨可以是對現況的形容，也可以是精神上的鬱結。當一個人失去跟其他人的連結，就會像張愛玲形容孤獨的人一樣，只剩下「他們自己的泥沼」。因此孤獨的人更有空間條件，而且可以比習慣喧鬧的人更敏感的去聆聽、觀察、感受大自然。所以吳明益在後記說，這本書是一種「自然書寫」，寫的是孤獨的主角跟大自然的相依為命。

我從來不是大自然的人，相比起吳明益小說中那些喜歡在泥土挖掘蚯蚓、或在山中聽鳥的角色人物，我更能想像自己成為村上春樹筆下、頭髮整齊、穿灰色襯衣，每天都準時出現在酒館點一杯威士忌聽爵士樂的男人。但即使如此，我還是給吳明益的自然書寫深深感動，而這正如我一開始所說：跟我現在居住的環境有很大關係。

我的宿舍在山上，在我那三四步就能走完的世界，窗裡面是有暖氣有咖啡味有窗簾分隔的空間，窗外則是鋪滿落葉的陽台，陽台對開就是大樹。在這裡感受到的自然是如此的直接：有陽光的日子就會暖和，就會有各種各樣的雀鳥在外面飛來飛去，可惜我不是劉克襄或趙曉彤，認不出那些雀鳥品種；而只要是有雨多雲的日子，想在窗外找到半點生命跡象也找不到，那怕是一隻小飛蟲也沒有。我好奇，這些生命究竟是只有跟晴天一樣的短暫，抑或懂得在雨天躲藏起來。

早兩天，一陣大風大雨，還下起冰雹來。沒多久之後，我看到陽台遠處的泥土上躺了一隻死去的小鳥，翅膀還是張開的，大概敵不過風雨而給擊倒。而這裡是德國，是人跟自然距離近一點的德國，不是動輒都出動漁護署的香港。要避免在我的陽台上演天葬，我還是需要自行處理。雖然曾經在實驗室解剖過老鼠，但畢竟是差不多十年前的事，處理動物屍體還是渾身充滿寒意、非常緊張。

小鳥的模樣和形態，留在了我的腦海中。而我想，這隻小鳥跟我一樣，也是孤獨的，牠就回到自己的泥沼之中。

Comfort Book

又一次搬家到新的城市生活，慢慢開始，已經數不清這次是最近幾年內所搬的第幾個家了，香港英國台灣德國，幾個地方走來走去。以往每次搬家都像打仗，總要搬上一大堆書隨身同行。書對讀書人來說，就是和尚僧侶的佛珠、修女修士的十字架，不在身邊就會不安。離家久了，人在旅途想有奇遇但更需要的是心安平靜。

人類不應重複犯錯，以往每次起行在機場都心驚膽戰，怕的是行李超重，久而久之學會把可以放下的都放下，強迫自己只選一種 comfort food、一本 comfort book，其餘都要斷捨離。專欄〈開門讀書〉寫的是書話，comfort food 暫且免談，什麼書能夠高掛大紅燈籠、能使人讀完安穩靜好，才是最重要。從以往帶一大堆的 comfort books 到今天只帶一本，董橋先生的書從來都沒有缺席過。以前帶著董先生精裝小開本的《小品卷一》，學寫外地生活的通訊文章，不知來回重複讀過多少遍。

董先生讀者萬千，每年香港書展舉行簽書會，排隊人龍長度不輸別館的「靚模」。喜歡董先生的讀者很多，內地作家陳子善很多年前說「你一定要看董橋」，因為董先生的文章「卓然獨立，有文采，有思想，有情懷」，而且另加一項：董先生的書都造得漂亮，當然全賴負責書籍設計的木木先生。

不過書本最重要的還是文字本身，董先生的文字只有董先生才寫得出，扮不了也學不來。這次帶到德國旁身的《我的筆記》（牛津大學出版社），董先生在裡面一篇文章〈青史〉寫這麼多年讀書買書的心情：「轉眼老了，日子清閒，家裡藏書恍似久別戀人，初讀驚艷，重讀驚夢，常常自責怎麼就忍心冷落了她那麼些年？謀稻謀粱，消磨壯志，熬到盡頭，靠筆養老，圓了初衷，昔日歉疚不了斷也要了斷。」同樣一點一劃的方塊字，從董先生筆下出來就是不一樣。喜歡董先生的文字，更喜歡讀的時候所感覺到的親切。董先生當然不認識我，只記得很多年前的一個下午，那時在出版社當暑期工打雜差，出版社預備了幾十套董橋全集作簽名本，我就替董先生翻開一本又一本書，方便他在書上簽名，最後我因利成便，用兩三個月賺來的薪水換了一套回家，開心到不得了。

讀董公覺得親切，還因為董公也在倫敦在亞非學院在英國廣播公司，生活過學習過和工作過。不過即使是同樣地方，但時間過了年代不同，也就不再是同樣的人。不同了人，整個倫敦也好像從此失去故事，現在再沒有幫忙清理藏書舊書的同學小約翰（〈教養〉），也沒有精通浪漫派作家的鄰居坎貝爾了（〈紅磚小屋〉）。

要找回那曾經動人的倫敦，要想從文字之中找到溫暖，就只有從董先生的文字之中讀回來。這書怎可能不是comfort book？

無聊的邪惡

在德國，喝啤酒真的比喝水更便宜。從我的半山宿舍出發，沿一條沒有路燈的小徑走十五分鐘，就可走到一家只招待學生的酒館。酒館每逢大時大節都有派對，有派對的時候門口就會有健碩保安把守，確保所有能夠通過大門的都是學生。學生酒館學生經營，酒都賣得便宜，一瓶啤酒一點五歐元，難怪音樂爛透而且滿地玻璃碎片也一樣人山人海。

在德國的一些特定州份，酒館容許室內吸菸，酒精和尼古丁（不管是一手或二手）加上一片菸霧瀰漫，毛孔擴張血脈沸騰，在這個空間之下，高矮肥瘦都變得不再重要，因為你所見到的都不再真實。

除了可以在酒館內吸菸，德國還是歐洲剩下唯一一個可以賣菸草廣告的國家。早幾天見到巴士站換了新的平面廣告，原來是菸草商的宣傳，海報上男女的形象正面健康，跟那些煙盒上「吸煙導致ＸＸＸ」的圖片是兩個世界。

煙酒有害，但各地政府都容許這些東西存在，不像其他毒品一樣完全禁掉。《上癮五百年》（中譯本，立緒文化）寫各種不同會令人類上癮的東西，作者大衛・柯特萊特（David Courtwright）是歷史學家，他說菸、酒、糖、大麻、咖啡等等其實都一樣，會令人上癮，而且過量攝取都會帶來後患，為何卻只有像鴉片、古柯鹼等才給完全禁止？

《上》寫的是各種「上癮物」的歷史，有趣的是在英文原著中，作者用了「drugs」來代表各種「合法與非法、溫和與強效、醫療用途與非醫療用途的麻醉及提神物質」；來到中文譯本，譯者直接以「藥物」將「drugs」翻譯過來，所以在書中讀到咖啡、酒、香菸都是「藥物」，看得我一頭霧水。我還是覺得用「上癮物」來代替「藥物」比較合適。

很多人會一口咬定鴉片古柯鹼等都比酒類更有害，但美國藥物學家莫里斯・希佛斯（Maurice Seevers）曾將各種上癮物評分，看看哪一種是毒中之毒，最後發現高踞榜首的是酒精，並且遠遠拋離大麻海洛英等毒物。

如果酒精惡毒如此，為何仍然全球合法而且大賣？其中一個說法，是酒類的生產比其他上癮物都容易。鴉片或古柯鹼等毒物的種植，都侷限在特定地區，但酒的蒸餾與釀造則不限地區。以烈酒為例，美洲國家可用甘蔗造冧酒（Rum）、俄羅斯用薯仔等原料造伏特加、法國用葡萄造白蘭地。酒精可以自己生產，各國都可以從徵收「酒稅」中獲利，非常平等。

雖然不同上癮物都有害，但對很多人來說都是一種「必要之惡」，再討論下去又會引伸至「個人自由」的辯論，而這場辯論早已進行了過千年，仍然沒有答案。上癮物能夠歷久不衰，或許這跟人類本性有關。柯特萊特說：人類以前是遊牧生活，天天都是歷險；但自從開始定居以後，生活失去趣味，從此就只有從上癮物中找到慰藉。所以，一切都是無聊的邪惡，我們乾杯吧。

遲來了的對話

ST：

差不多兩年了。在你剛剛離開的時候，想過給你寫一點什麼，或者應該說是給自己寫下一點文字。很多朋友都寫了很多的話，但在想了想應該如何稱呼你、開了頭寫了兩句之後，腦就茫然空白，寫不下去。

我們認識大家、知道對方的存在，但始終沒有認認真真對話過。在那短到不得了的三年大學生活裡面，我們在課室、在校巴下車之後走上聯合書院的那條樓梯上碰到，每次都是匆忙地點頭微笑一下。其實每天都會跟很多人迎面相遇，但碰到你的畫面到現在仍然深刻。這是因為你離開了，所以畫面才變得深刻？

或許現在每次想起你，我仍然覺得不知所措的原因，是在你離開之後，我的朋友從你朋友口中知道你曾經說你欣賞過我，你覺得我一直都寫著自己想寫的東西、過自己想過的生活，覺得我也是個認真的人。老實說，我沒有想過我會成為你對話日常中會提到的人，那怕只是閒話中輕輕帶過，我聽到之後更覺得後悔一直以來那種跟身邊的人老死不相往來的態度。如果我在你眼中是這樣的一個人，如果我早點知道，我們或許可以至少對話過，或許會成為更好的朋友，或許在你和在我的生命中，都會跟現在有或多或少的不一樣。

你是個很認真的人，認真到近乎不懂得保護自己的地步。所以朋友之間都跟你開玩笑、給你起了花名，但我想你是不介意的。你認真思考所有可以思考的人和事，所以你才會留意到我這個從來都沒有在學系、以至校園留下很多腳印的人。一直重複著認真這回事，大概我們當初都是因為接觸了政治哲學而進入政治系，我們想活得好，我們想社會變得沒有像現在一樣的不公義，我們就像約翰．史都華．彌爾（J.S. Mill）所說的一樣，寧願成為痛苦的蘇格拉底，也不要成為快樂的豬，因為蘇格拉底說了我們的心底話：沒有反思過的人生是不值得過。

愈是認真生活的人，愈是痛苦；愈是認真生活的人，愈是過得不容易。因為認真，所以眼裡看出來的人和事都是扭曲奇怪不公不義，但自己偏偏無力改變。很多人說不要將一切都政治化，因為政治總是令人覺得污穢卑劣；但我們讀政治的人，知道政治在生活中是無孔不入，而政治本身並無好壞，只是關於資源分配、關於社會大小事的管理。所以大學學費多少是政治、想在中文大學前面填海是政治、老人用「兩蚊」搭車都是政治。

所謂不要政治化，就只是叫人不要關心、不要認真而已。從接受教育的第一刻開始，就是要學習認知、學習思考，但到了最後，這個社會卻鼓勵我們不要思考、對一切都麻木。這是絕對的反智，也最令我們沮喪。

當很多人都說，選擇結束是一時之間的衝動，對於像你這樣認真的人來說，那大概是最不適切的形容。我們永遠都無法知道真正的原因是怎樣，但這是你的選擇。你或許覺得自己就像貝多芬的最後四重奏裡面、最後一個樂章裡的那個樂句動機一樣，是莊嚴而沉重地覺得非如此不可。我都明白的。

當時只道是尋常

新學年開學，趕回倫敦返學校註冊。在英國讀書，每年都要註冊一次、弄一張新的學生證，學生證上的那張照片我用了很多年，幾乎從本科開始用到現在博士也差不多畢業，因為都是電腦檔案，每次在網路上填表格，上傳照片就可使用。

在英國讀研究院的學生證幾年來也用同一張照片，孰不知去年註冊，負責印發新學生證的那個職員，不知是否認不出我上傳的照片真的是我本人，忽然叫我抬起頭，二話不說就給我拍了照，按下快門的速度比那些在街上專門偷拍裙下春光的變態狂徒還要快狠準。我本來就沒有預備要拍學生證照片，穿得隨便之餘，還戴了頂棒球帽，一臉頹唐，這個樣子根本不可能用來拍證件照片。現在每次拿學生證出來，見到那張像通緝犯多過博士候選人的照片，真是情何以堪。外國人辦事好聽一點是率性而為，實際上總是馬馬虎虎。

新學年走在校園，那些一臉害羞又難掩內心興奮的肯定是新同學，一眼就可辨別出來。早一陣子在Facebook上，看到中文大學政治與行政學系的老師周保松教授，寫學系的「新生日」，他說系內的教師輪流歡迎學生，講大學的理念，講獨立思考之必要，講開放心靈建立自我之必要。周先生說他第十六年教書，每年都如此認真地跟新生談這些問題，但現在除了在政政系之外，愈來愈少人談這些事了。

這是一貫的政政系，永遠思考嚴肅的話題。有些人可能會接受不來，覺得政政系（或哲學系）的人總是奇奇怪怪，開口閉口都是「人之所以為人……」但這些問題其實關乎每一個進到大學的同學，千辛萬苦讀很多年中學再考公開試，為的都是考入大學。那在大學裡究竟想得到什麼？大學生應該做什麼？這些問題都不能迴避。

能有時間、有一大班朋友一起認真思考討論什麼是好的生命，討論什麼是好的政府、好的制度，其實一點也不容易。即使我現在仍然讀政治學，但都再沒有像以往在聯合書院裡，在胡忠圖書館對開的草地上，一起談社會談政治談生命的時光了。我很記得，在讀選舉研究時的其中一課，馬嶽教授曾經這樣說過：「政治是有關 problem solving，無論你信守什麼價值，都要將之實行，政治並不只是口講的。所謂智慧，是要將所學到的一切，用來解決你未曾遇到過的問題，令社會變好一點。」有些片段總是有很深遠的影響。而讀大學本科的幾年時間，就有過很多這些難忘的片段和說話。而這些說話和片段，也永遠在我們失去方向的時候，像 Google 地圖上的語音導航一樣，把我拉回原來的道路，讓我回過神來繼續向前，我想，這也是教育的最大意義。

VII

讀書人的風花雪月

讀書沒有毀了我

最近回到倫敦，主要是為了收拾這幾年留在英國的家當，為年底搬到德國做準備。近年常常在幾個城市遊走生活，本來應該學會的斷捨離，始終都沒有學到。最最要命的是我生活的地方，無論是倫敦抑或台北，都是買書的最好地方，就算如何忍手也一樣買了不少，每次收拾時都裝滿一箱又一箱，弄得每次搬家都像體能訓練。自己辛苦之餘，還給家人朋友取笑活該，真是情何以堪。這次我應該慶幸自己不諳德語，所以未來大半年大概不會買太多書了。

買書成癮然後堆積如山，是讀書人的命運；而不被一般人了解明白，還給他們常常指摘買書太多阻礙地方，則是讀書人的不幸。讀書人買書藏書一點錯都沒有，一個小學就已經有教的道理：工欲善其事，必先利其器。書是讀書人的器，買書就是讀書人利其器的方法。

書對讀書人來說，就像壽司師傅的魚生刀、運動員的球鞋，都是「搵食」工具。而且讀書人本身都應該是愛書和喜歡買書，因為這個世界上根本就沒有「不愛書」或

「不買書」的讀書人。

不過說得再多也無用，要明白讀書人的感受，就只有同樣是讀書人能夠體會。所以讀「藏書界大哥大」王強的《讀書毀了我》，讀得非常過癮。雖然書名是讀書「毀」了我（王強），但「讀書毀了我」說到底只是一句晦氣話，是對一般不明白讀書人的平凡人所說的一句自嘲。

書裡面最重要的一篇文章，題為「書之愛」，大談十五、十六世紀古書《書之愛》（*Philobiblon*）的內容，引了很多形容書的說話。就像：在書面前，「寶石變得一錢不值」；書的光輝「使日月為之黯然」；書的甘甜「使蜂蜜與瓊漿變為苦澀」……王強在書中還寫了什麼是理想的書房、理想的書店，完全是讀書人的讀書「祕笈」。

《讀書毀了我》是王強所寫的第一本書，今年再版重新推出。跟之前的《書蠹牛津消夏記》不同，《讀》不只談王強買書藏書的故事，而且還是一本書話集。書話集是談書的書，對香港人來說，一個親切一點的說法是讀書報告。書話集要寫得好看不容易，我們從小到大或寫過或抄過不少閱讀報告，不會不明白寫書話的箇中難處。

如果平鋪直敘只寫書的內容，不單平淡無趣，而且浪費讀者時間，他們不如讀原著好過。如何能夠從一本書出發，加上自己的識見發揮一下，並且寫得自然而不做作，才算獨一無二脫穎而出。像王強談到書話集，隨手拈來就是書話集的鼻祖《書之愛》，談理想的書房，輕描淡寫的左引西方法國哲學家蒙田、右引東方香港掌故家葉靈鳳。好的書話集其實是讀書攻略，幫助讀者打開更多的知識大門。

你看王強不論買書、藏書、寫書，都買得、藏得、寫得如此津津樂道，讀書怎會毀了他呢？

另類聖經

在報紙的專欄寫書話，在這個報紙和書都幾乎沒有人讀的年代，也算是逆流而上的一點努力，用林鄭月娥在電視上日播夜播的廣告來說，我是一種「堅定前行」，為讀書同路人燃點一些希望。

幾乎從發明了電腦的一刻開始，書本的末日時鐘就已經開始跳動，但跳來跳去始終沒有終結，書本還是書本，而且仍然是兵家必爭之地，你看中聯辦願意花這麼多資源去控制這個市場就知道了（換個角度看，書和出版原來仍如此受到重視）。很多人都說紙張的觸感、翻頁的動作是無可取代，書所提供的不止是資訊上內容上的滿足，而且是種實在的安全感。所以無論做什麼都好，去旅行學攝影學煮飯學飲酒，入門第一步都是到書店買一本相關的書，買的是資訊，也是一份安心。

喝威士忌的人，大概都會在剛剛接觸這玩意時，買過一本 *Whisky Bible*（威士忌聖經），作者是英國大叔吉姆・莫端（Jim Murray）。一本書能稱為聖經，除了內容要詳實，還要傳神地將內容排得密密麻麻。這本聖經打從二〇〇三年開始，每年年尾都出新版本，內容其實都是莫端的飲酒筆記，為他喝過的酒寫點評語和打打分。他說他每年都會飲一千多款威士忌，全書有過千款威士忌的品評，然後每年選出一款「年度威士忌」（還有什麼最佳調和、最佳單一麥芽、最佳單桶等幾十個獎項）。所以沒錯，他是威士忌界的 KOL（意見領袖，key opinion leader）。

做個成功的 KOL 不容易，像莫端曾經叱吒一時，在「響」和「余市」還是港幣幾百元就買得到的時候，他就接連捧紅了日本和台灣的威士忌。點石成金是 KOL 的威力，但太過沉醉於自己擁有這種能力的時候，就很容易會碰得一鼻子灰，從神桌跌落地底泥上，莫端就是最好的例子了。

二〇一五年（*Whisky Bible* 2016）的時候，他選了冷門的加拿大威士忌為年度之最，不過今次沒有成功捧紅加拿大威士忌，反而淪為酒界笑柄，失去公信力，因為這個加拿大品牌的威士忌也太過普通，不可能是世界第一。老實說，無論是什麼也好，名不稱焉有很多原因，可以像以前未出名的日本威士忌一樣等待發掘，也可以是因為質素有限而名副其實。

不過，這本威士忌聖經也不是全無價值。威士忌有無數款式，如何購買如何入門都是學問，參考一下書中的簡短評論也不失為快捷的方法，但每個人口味喜好都不一樣，選酒最好還是親身試過才靠譜。

最新版本的 *Whisky Bible 2019* 剛剛出版，但我感興趣的不是莫端選了什麼威士忌，而是今年《聖經》封面不再是他的大頭。最初出版的時候，封面都低調，但從六年前開始這個大叔不斷自我膨脹、自己崇拜自己，將自己的大頭當成《聖經》封面，加上詭異的打燈，非常 creepy。今年回歸低調，以一杯威士忌取代大頭，大概莫端也知道自己要改變形象，重拾公信力了。

什麼是愛情？

一個人生活，什麼都變得簡單，可以直接在鐵鍋裡吃公仔麵，廁所的門也可以永遠不關。除了客廳掛鐘的那支秒針，有時候跳得特別用力特別起勁之外，其實孤獨也沒什麼可怕。

每天到了晚上，窗外那條本來已經沒有太多車駛過的馬路，變得更安靜了，最好就把燈光調暗一點看電影，每晚都如是。這幾年看了不少電影劇集，盡量把經典的都看回來。每次都總覺得出生太晚，很多東西都錯過了。常常都想，如果能早一點出世就好。無論如何，一切既成事實，唯有後天努力，希望補得多少便多少，讀書做人看電影都一樣。

早幾天晚飯之後，找來《靈慾春宵》（*Who's afraid of Virginia Woolf？*）來看。一九六六年的電影，兩個多小時、兩對夫婦（一對青年、一對中年），講述一個深夜發生的故事。實際上，整齣戲就是四個人從開場到落幕都在鬧來鬧去，和吳爾芙沒半點關係，而伊莉莎白．泰勒就憑這齣戲第二次成為奧斯卡影后。他們吵的鬧的，是婚姻關係的不對等（妻子比丈夫有錢有權力），也是夫妻愈積愈厚的怨恨。老夫妻之間的對罵鬧得兇狠，男的甚至拿起一把自己買回來的道具長槍，恨不得一槍轟死他妻子，殺妻雖不成，但見嚇得對方花容失色，總算煩惱放開、抒發悶氣。

當老夫妻兩人鬧到翻桌的時候，你以為兩人從此越過界線回不去了，但最後卻是和好如初，像什麼都沒有發生。這齣由舞台劇改編成電影的故事，看起來充滿戲劇性，但實際上我們的生活都是如此。愛情是什麼？什麼是愛情？所謂愛，除了恆久忍耐之外，還有嫉妒、張狂和自誇。如果真的如《聖經》所說的不嫉妒、不張狂、不自誇，那為何還需要忍耐？

看《靈慾春宵》，令我想起美國作家瑞蒙・卡佛（Raymond Carver）最有名的短篇小說〈當我們談論愛情時，我們在談論什麼〉（What We Talk About When We Talk About Love, 1981）。同樣是兩對情侶的對話，其中一個主角、醫生梅爾・麥克吉斯（Mel McGinnis）喝了幾杯琴酒之後，問了一句「什麼才是愛情」，是身體的情慾？是生命中永遠的一個記憶？還是連一段記憶也不是？

小說故事中的四人，各自都曾經結婚和離婚，意味著她／他們生命中都曾經愛過其他人（當然，不必結過婚才等於愛過其他人），每個人都擁有多重的片段或記憶。而不同的記憶和片段之間、即曾經歷的各段感情，都是相互不兼容，甚至連自己也不懂得如何思考、整理、排序。

每當我們談論愛情，我們究竟在談論什麼？其實都是一片迷惘。

經典英國文學雜誌《格蘭塔》（*Granta*）說，卡佛為首的幾個美國作家，是 Dirty Realism 的代表人物，因為他們用最直白的文字，將生活中的平庸如實反映出來，讓讀者都回歸現實，從文字中感受到生活的無奈。我們問「什麼是愛情？」，不如問「什麼不是愛情」。而肯定的是：童話中的故事，都不是真正的愛情。

日本文化就是禪

在名古屋下飛機之後，二話不說去便利店買炸雞和可樂餅補給，這是坐廉航之苦，飛機餐也沒有。我必須說：去日本不吃便利店炸雞，不如聽聽富二代劉鳴煒的忠告：不去也罷。每次拿著燙手的辣味炸雞，將紙袋從中間撕開，眼前的炸雞就超越了炸雞的本身，那種多汁鮮嫩所帶來的滿足感是無可替代。

吃了炸雞之後就直奔距離機場三個多小時路程的金澤市。因為飛機降落吃完炸雞已經黃昏，不想半夜趕路，所以經過飛驒也沒有停下來吃飛驒牛，晚上就到金澤。去金澤是為了遠離人煙，也是為了那裡的廿一世紀美術館和附近的鈴木大拙館。去到美術館，看到館內那個可以走進水底的泳池，我開玩笑說，這裡應該跟大衛・霍克尼（David Hockney）來一個 collaboration，不斷投射一些跳水的幻影，在水底裡看應該很有趣。

去完美術館就去附近的鈴木大拙館，顧名思義是一個紀念鈴木先生的博物館。鈴木大拙是日本哲學家，專門佛學及禪學研究，寫過不少有關禪學的著作，去年台灣再版他的《禪與日本文化》(遠足文化),寫日本文化如何處處流露「禪」的蹤影,無論是茶道劍道,抑或武士精神都一樣充滿禪意。

要解釋文化是什麼從來都不容易,文化就像把大傘,只要在大傘之下都一樣是文化。所以茶餐廳和粵曲都一樣是香港文化,如何把大傘之下的不同事物找到關係是最困難的任務。鈴木大拙說,日本各種各樣的文化,雖然同樣看起來風馬牛不相及,像武士精神和俳句(一種日本獨有的短詩)看起來沒有關係,但相互之間的核心卻同出一轍,就是由禪的精神所貫穿。

鈴木大拙說「禪要求的是行動,而最有效的行動,就是一旦心意已決,就勇往直前,莫再回頭」。而武士精神是什麼呢?就是「一切武士學/終究為一死」的精神,所以武士精神就是不怕死的精神,武士走上戰場就心意已決、頭也不回的一戰定生死。

那麼俳句又如何體現禪?俳句是短詩,限定在十七音節之內,表現出最重要的信息,可以從中看到「事物的生命」。所以俳句大師松尾芭蕉所寫的:「古池啊/青蛙飛身躍入/水的聲音」就寫出了事物「本然的面貌」,是真真正正的無添加。而鈴木大拙說,禪是一種「唾棄任何形式的自我主義」,做到「免於任何欺騙、算計與隱晦」的狀態,這種精神亦即俳句所追尋的精神。

回到金澤的鈴木大拙館,由建築師谷口吉生所設計,說大拙館是博物館其實不準確，因為裡面只有很簡單的展覽，草草講解鈴木大拙的一生。實際上，大拙館是一個親身感受禪的地方，館內有一個在室外的半開放空間，裡面有長椅，向外看可以見到館內的庭園水池，這個空間叫思索空間。在這裡坐短短幾分鐘就已經有種心無雜念的感覺，而我，也是為了這幾分鐘而去金澤的。

來自中國的日本拉麵

凌晨三點還睡不著，肚開始餓，與其在床上輾轉反側，不如落街吃宵夜，吃飽再睡。這個時分可以選擇的餐廳不多，不過其實不必選擇，因為我早就心有所屬，我懷疑睡不著也只是因為太希望想吃得到一碗拉麵。

我是「拉麵控」，來到台北之後興奮到不得了，因為日本有名的拉麵店幾乎都在台北有分店，好吃之餘還賣得更便宜，什麼一燈一幻屯京太陽番茄拉麵等等都吃得到。芸芸拉麵店中，我對大牌子一蘭沒特別好感，要我在門外排隊排大半小時實在大可不必，難得凌晨四點還在營業、而且不用排隊我才來吃。早前看新聞，見到大陸爆出山寨一蘭的「蘭池拉麵」，由裝修到餐牌餐具、從頭到腳都抄到十足，每次見到這些山寨ＸＸ的新聞，都不能不佩服內地人做事的一絲不苟。

你可能會問，為什麼無端端半夜會想吃肥膩的拉麵？因為睡前在床上一口氣讀了半本《拉麵——一麵入魂的國民料理發展史》。書的封面是個西裝男的正面，但頭部換成一大碗豚骨叉燒拉麵。愈讀愈夜，愈讀愈餓，終於要先將欲望解決才能安然入睡。

《拉麵》一書由紐約大學的美國歷史學者喬治．索爾特（George Solt）所寫，好像外國學者都喜歡研究日本飲食文化。我在亞非學院政治系的一位老師（Kristin Surak），也寫過一本有關日本茶文化的書，從日本茶道講文化國族主義（cultural nationalism）。說回拉麵，當大部分人去日本旅遊時，都會覺得如果沒有吃過一兩碗拉麵就彷彿沒有到過日本。但實際上一碗拉麵卻是徹頭徹尾的中國食物、由中國傳入，而且拉麵文化在日本興起也只是上世紀中、二戰後所發生的事。《拉麵》一書寫的就是拉麵文化興起的故事。

拉麵剛剛傳到日本的時候，這碗湯麵有一個《文匯》、《大公》必定大力鞭撻追擊的名字——「支那麵」。書裡面提到幾個有關拉麵如何傳到日本的說法，有說從明朝時期開始傳入，也有說是十九世紀時開始，但無論如何，這些說法都有共通點：就是拉麵從中國傳入，半點無誤。而在當年日本帝國時期，要命名一款中華料理，「支那麵」就是當時的名稱。

拉麵雖然早就傳入，但發揚光大還是二戰之後的事。作者的其中一個問題，就是為何日本人的口味會忽然轉變？從喜歡吃飯變成喜歡吃麵？作者認為一切都不應該如此純粹如此偶然。實際上，戰後日本曾經出現糧食危機，以美國為首的同盟國當時占領日本（直至一九五二的年《舊金山和約》生效），一方面為了解決日本國內危機，另一方面也因為美國自身積存太多大麥，因此大量將大麥輸到日本，再將大麥造成麵條，同時通過各種各樣的宣傳，將日本的飲食文化改變：麵食起，米食落。

拉麵最盡興的食法，是要吃完麵之後加白飯，拌進麵湯之中，這才能吃出整碗拉麵的靈魂。吃飽捧著肚子走出拉麵店，凌晨四點天還未亮，這是一種前所未有的滿足，忍不住大叫一聲：拉麵萬歲！

村上春樹如何寫小說？

讀村上春樹的小說，總會很自然地代入小說裡面的主角當中，也許是因為每次的角色設定，都是一個獨自生活的平凡男性。無論是《1Q84》的天吾，或《海邊的卡夫卡》的田村等等，這些角色的對話和內心感受，都好像自己一樣。

當然，這是村上春樹的功力。像《挪威的森林》的渡邊，他第一次跟「綠」見面的時候就說過：「沒有什麼人喜歡孤獨的。只是不勉強交朋友而已。因為就算那樣做也只有失望而已。」這樣的一句話，僅僅是其中一個「村上寫我心」的例子。所以我一直都好奇，究竟村上春樹為何總是能夠如此準確無誤差的了解我？難道村上先生認識我？

今年年初出版的《貓頭鷹在黃昏飛翔》（時報出版），是村上春樹跟女作家川上未映子的對談。如果之前的《身為職業小說家》是談如何成為小說家、小說家的生活是怎樣，那麼這本對話集，就是談村上春樹如何寫小說的一些技術性問題。

就像關於小說中的角色設定，村上說他自己常常被人批評「為什麼不寫和自己同年代的人」，但他說：「我現在就算寫六十八歲的人的故事（訪問是兩年前進行，今年村上先生已經七十歲了），大家肯定也會說『不寫實』。」他繼續說：「我想寫的主角，基本上都是普通人；是具有普通生活感的人。」更重要的是，只有這種中年未到，卻又不再年輕的年齡，才擁有一種「任何方向皆有可能」的自由。

川上未映子每次很仔細地問村上春樹很多具體的問題時，村上的回答，通常都是「啊？會嗎？我也不知道；我也忘記了」等等的一種不經意。川上未映子甚至在對話中這樣說：「我已徹底明白，針對小說中的種種事物的意義請教您，是無意義之舉。」

但這本對談集，還是相當有趣，特別是談到村上春樹另一種很擅長的技巧的時候——有關比喻。村上在小說中所運用的比喻是出奇地多，從故事中無端端出現的事物，到小說角色的名稱，都充滿了各種各樣很多時候看起來是無厘頭的比喻。村上說，這些比喻都是信手拈來，大部分都是從日常生活中，無論是所碰到的人抑或一些對話中所吸收，並且放進有很多抽屜的「文件櫃」中。而這個所謂的「文件櫃」，都是深藏在村上春樹心中，在必要的時候（即寫作的時候）就能很快打開相關的抽屜……等一等！這不就是福爾摩斯康柏拜區在劇集裡面的「Mind Palace」？

村上春樹談寫小說，他不斷強調自己是普通人，故事的情節發展鋪排，都是自然而然地發生出來，他唯一做、也是他只能夠做的，就是每天強迫自己坐下來寫四千字。而到了最後，當讀者讀到小說，而且讀出自己對小說的領悟的時候，根據村上的說法，那都是一個「啊，是這樣的嗎」的一個過程。

你對村上先生寫小說還有其他問題嗎？看看這書吧，或許川上未映子也替你問了同樣的問題！

深夜食堂

在英國孤伶伶讀書的時候，最喜歡躲在宿舍看日劇版本的《深夜食堂》，一口氣就看完全部四季。在西洋地方總記掛著東方美食，所以都愛看有關食物的片子，短短一集，看完就覺得安穩靜好。現代人留學再孤獨再無聊，也有網路的慰藉。

在《深夜食堂》故事裡面，老板小林薰煮的做的也不需精雕細琢，只是簡單不過的煎香腸、馬鈴薯沙拉等等，都是三更半夜我們會想起的食物，又有誰人半夜想吃九大簋？第一季的其中一集，食物主角是「貓飯」，其實就是把鰹魚片放在白飯之上，然後淋上豉油就大功告成，簡單到不能再簡單的做法，即使你是地獄廚神，悶極時也可自己做飯。

《深夜食堂》裡面的一切都平淡，不管是桌上食物抑或座上的人與事也一樣，全部都像信手拈來，不加鹽糖酒醋，所說出來的故事、人與人之間的感情才是最真摯最動人。即使劇中座上的是黑幫老大或夜場老板、風塵女子或平素情侶，她／他們和我們也同樣是人，誰說黑幫老大就一定要吃女體盛？喜歡吃煎香腸也一樣可以是老大。

我特別強調是喜歡看「日劇版」，因為將安倍夜郎原著漫畫拍成劇集已經有中、日、韓三個版本，韓文版我沒看過，但大陸台灣一起拍的華語版本太過恐怖，如果我只說喜歡看劇集《深夜食堂》，然後給人誤會以為我喜歡華語那一輯，那是一種侮辱。這個華語版本兩年前上映，甫上映就已經劣評如潮，所以一直沒打算看。最近搬到德國又覺孤寂，本來打算重看一遍小林薰定定心神，孰知網上搜回來的都是華語版本，心想，既然未看過就開開眼界。不要說看不完一整季，就連看完一集也要不少意志（我休息兩天之後再看了第十三集，因為是張鈞甯客串做主角，不過我還是看不到半集就放棄）。如果不是想評論一下，真的半集也看不下去。

那華語版實際有多爛多恐怖？網上評論鬧得最兇最狠的是植入式廣告，今時今日植入式廣告已經是無孔不入，就像看無線劇集，也會無厘頭的在片裡面的場景，見到汪明荃賣床褥的海報。拍華語版《深夜食堂》的導演當然不是省油的燈，第一集講煮泡麵，老板說要加一點「老壇酸菜」才好吃，然後鏡頭就特寫那罐不是一般酸菜的「老壇酸菜」，導演用的是彭浩翔在《低俗喜劇》中、特寫杜汶澤夾起那條「好惹味」的芫茜時所用的近距離鏡頭。這樣好嗎？真的假的？只有導演製片電影公司才知道答案。

就算你受得了植入式廣告，也必定「頂唔順」劇中的演員。日劇版的演員，從小林薰到黑社會老大阿龍，每個演員都是淡淡然的演繹角色，舉重若輕的談很多事情，讓你在劇集中找到真實感、想在現實生活中找一個相像的深夜食堂；華語版呢？個個演員虛假浮誇，那種演戲的方法和露骨的對白，讓人再看下去都覺得難堪。如果現實中不小心走進類似的一家食店、見到如此的食客，你只會想快快推門離開。

說到深夜食堂，在台北生活的時候好像很容易就找到類似的食店，都是開到半夜，讓不眠的人可以有空間歇下來。晚上的林森北路燈紅酒綠，走在街上的人都各有清晰的目標，在這條街上逛逛，都會看到街上男男女女雙眼的銳利，跟這些男子女子擦肩而過的時候，總會聞到他／她們身上血液裡的躁動。找生意的和有找樂子的，在這裡都可以互相滿足。

我常去「五木」附近橫街窄巷裡的一家小居酒屋，那是一個永遠都充滿故事和聯想的地方。那家小店賣串燒，老板是個年輕人，燒得一手好的明太子豬五花。我總喜歡坐在可以望到窗外的吧台，點杯威士忌蘇打，幾串串燒，一碗鮭魚茶泡飯。聽著坐我旁邊幾對男女的談話，說得輕聲笑得曖昧。或許這些男女只是剛剛認識，甚至談不上認識，但在這個晚上這個時刻，坐在餐廳裡面，兩人關係變得平等，因為兩人都是酒館老板的客人，而他和她，至少此刻是情侶一對。

你問我現在身在德國，最想念的是什麼？我只想可以走進一家有串燒吃、有威士忌蘇打喝、坐著幾個跟我一樣不眠的人的一家食堂。而我不小心看了華語版的《深夜食堂》，那是對深夜食堂的褻瀆，也使我更想念林森北路橫街上的那一家店。

居酒屋的源起

上回寫過，在台北紅燈區、林森北路一帶，有家居酒屋我很喜歡。小小店面，只有不夠十個吧台座位，下午六點開到凌晨一點。老闆「炭長」是個年輕小伙子（我是這樣叫他的，因為居酒屋的名稱就是炭長），下單下廚、上酒上菜都是他自己一手包辦。

炭長的串燒好吃，用炭火燒的豬五花和玉米筍，每次都吃完又吃。最近跟V再去，V問炭長我以前是否常常都來，而且是否都是一個人來。炭長說他「不記得了」，他說這是「標準的答案」。炭長啊炭長，這個答案哪裡標準？所謂標準答案當然是「一個人來」——一來是事實，二來居酒屋的誕生，本來就跟「單身男子」有莫大關係。

最近台北之行買了一堆新書，其中一本《居酒屋的誕生》（台灣商務，陳令嫻譯），作者飯野亮一寫的就是居酒屋的歷史。居酒屋今天早就衝出日本遍布全世界：坐下之後先點酒，然後送上開胃菜，再叫滿一桌的串燒、關東煮等等。這種居酒屋文化是什麼時候開始，又為什麼會大受歡迎？

作者說，居酒屋在東京前身「江戶」興起，而自從江戶成為幕府的城下町（即有領主居住）之後，大量男性進城工作，特別是低下階層如轎夫馬夫、武家雜差等等，江戶的人口比例出現了嚴重不平衡，男性數目幾乎是女性的兩倍。單身寡佬充斥整個城市，喝酒消遣的地方自然大有需求。最初的時候，零售賣酒的酒屋，同時在店內即場開酒賣酒，讓酒客可以在店內喝酒，但光飲酒而沒有下酒菜，實在太過乏味，所以就出現同時賣酒和下酒菜的居酒屋。

現在去居酒屋，我通常都會點杯 highball（威士忌蘇打），但我好奇以前的日本人究竟喝什麼酒？以前的江戶人，喝的是「下行酒」，即從上方城市（大阪、京都）生產，然後運到下方城市（江戶）的酒（因為以前天皇定居京都，接近京都為上，而遠離京都就稱為下）。經過從京都運送到江戶的航行，海風吹入酒桶，意外令到桶內的酒變得更順口好喝，成為「下行酒」的特色。上方城市的人為了能夠飲到同樣的風味，就先將酒送到海上航行一段時間，從而吸入海風風味。上方人為了海風風味而出海的製酒方法，跟今天威士忌的熟成方法也有點相似。

使威士忌熟成的其中一種主要木桶，是用來裝西班牙甜酒的雪莉酒桶。最初用雪莉酒桶裝酒，意外令威士忌吸收了雪莉酒的乾果甜味而變得好喝。今時今日雪莉酒已經沒有很多人喝，至少在需求上，一定比以雪莉酒桶熟成的威士忌少很多。但為了繼續造出這種雪莉風味的威士忌，今天很多木桶供應商，都會為了製作雪莉酒桶而製作雪莉酒，當木桶具有雪莉風味之後，那些雪莉酒就功成身退，可以倒掉了。

不過，酒再好喝，亦切記不能喝太多。因為喝太多酒或天天喝酒，人會很容易壞掉。壞了，就不好了，會做錯事的。

村上春樹的威士忌

連續啃了兩本學術書之後，伸一個懶腰，獎勵自己繼續留在書房，讀村上春樹的《刺殺騎士團長》。小說一、二兩部合共八百多頁，轉眼就讀完，如果讀學術書有這樣一半速度就好了。

村上的小說，總有古典音樂，像《海邊的卡夫卡》的貝多芬「大公」、像今次新小說裡面的李察．史特勞斯歌劇《玫瑰騎士》。所以唱片公司每隔幾年，就會推出什麼「村上的古典課」之類的古典合桌 CD。不過，這門生意在串流音樂 app（像 Spotify）出現之後變得毫無價值。因為在 Spotify 裡面可以自行製作 playlist，找回小說裡面樂曲的指定版本，就像今次的《玫瑰騎士》，聽蕭提爵士（Sir Georg Solti）指揮維也納愛樂樂團的版本，才算玄門正宗原汁原味。

除了古典音樂，村上春樹的小說還有威士忌。這兩種原素是村上寫小說方程式入面的 constant，與其說兩者會必然出現在小說，不如說是音樂和酒將故事連結起來。村上本身當然是個 hard core 的威士忌迷，上個世紀九十年代就去艾雷島寫遊記。所有人都喝白蘭地或調和威士忌的時候，他一早就喝 Single Malt（跟大家溫習一下：單一麥芽，即一間酒廠以麥芽為原料製造的威士忌）。不過在小說裡面，村上的角色們一向都喝得隨便，最常提到的只是便宜調和威士忌 Cutty Sark（如《1Q84》、《聽風的歌》）。

在《刺殺騎士團長》裡面，喝得最多的是另一款調和威士忌 Chivas Regal。有位報紙老前輩還算眼利，找到書中的一個錯誤，他說「繁體字譯本居然把 Jura 譯成艾雷島實在有點張冠李戴之弊」。

事緣發生在第二部的一百一十三頁，我找 K 這個日本通幫我從日本原文中求證。艾雷島是沒有錯，錯的是翻譯把「Isle of Jura」這個注腳落錯位置。正確的話，應該落在下兩行的「汝拉島」旁邊。（後經查證，時報出版之二刷版本已經修改）

前輩那篇談村上的文章還如此寫道：「其中提得最多的是最愛喝的蘇格蘭威士忌包括 Single Malt Whisky，小說角兒們有甚麼緊要的話說，有甚麼難解的謎都免不了來一杯 Scotch」。懂酒的人，一看就覺得怪怪。如果我將這句說話的威士忌改成紅酒的話，你就明白有多怪了：「其中提得最多的是最愛喝的法國葡萄酒包括 Red Wine」。老前輩看來最近好酒，去一轉蘇格蘭、訪了艾雷島和高地等等，寫了幾篇遊記之後，就連專欄的名字也改成一副專家模樣。不過從這些文章看來，前輩還是威士忌新手。

早兩個月我跟愛丁堡威士忌學院的創辦人見面，她跟我說：「現在有網路，有關威士忌的資訊多得離譜，但最要命的是資料孰真孰假無人知曉。」我想，大概就是這個意思了。

VIII

指揮台上的故事

追憶最優雅的指揮：阿巴多逝世五週年

幾星期前，從德國南部的杜賓根出發，坐了十多個鐘頭夜行巴士到北面的柏林，為的是到柏林愛樂音樂廳、聽馬雷克・亞諾夫斯基（Marek Janowski）指揮柏林愛樂樂團演奏布魯克納第六交響曲，波蘭裔的德國指揮亞諾夫斯基是布魯克納的專家，對布氏作品的演繹都是精采。

不熟古典音樂的讀者，對於「哪個指揮是哪個作曲家的專家」這種說法，可能感到一頭霧水，甚至對「指揮」這個角色有什麼實際作用也存疑問。我在網上見過有人說，找個拍子節奏準確的人做指揮就已經勝任有餘，管他高矮肥瘦。

但一個人拍子再準確，也不可能比節拍機可靠，為何這個打拍子的人、可以隨時年薪過百萬美金？（港樂指揮梵志登就是全世界其中一個薪資最高的指揮）怎樣才算好的指揮？或許從已故義大利指揮阿巴多（Claudio Abbado）的故事可以找到一點端倪。（很多人對於如何進入古典音樂之門都有疑難，不知從何入手。除了選擇一位作曲家開始聆聽之外，從特定指揮開始聆聽也不失為一種方法。在文章中，我在七處標注了號碼，並找出相關影片，讀者掃描本文標題下方的 *QR Code* 就可以找到這些片段。）

每次去柏林愛樂音樂廳，我總會早一點到場，先吃一個夾了牛油的 brezel 麵包圈、然後到音樂廳裡的商店走走逛逛。今次去到的時候，大堂中間剛剛擺了一個阿巴多的相片展覽，因為今年是他逝世五週年。阿巴多在一九八九年接替卡拉揚成為柏林愛樂的首席指揮，直至二〇〇二年卸任。在每一幅展板前都有一堆樂迷駐足停留，老的樂迷懷緬過去、年輕的樂迷追憶從前。只要你是古典樂迷，你很難不喜歡阿巴多，就算沒有現場看過（這是我的一大遺憾），在網上也不難找到他的指揮片段、並且被他所折服。或許阿巴多是史上最多人欣賞、同時爭議最少的指揮。

李歐梵教授寫過，在卡拉揚、阿巴多等指揮去世之後，世間再無指揮大師。所謂大師，都是有獨特的「靈暈」（aura），像卡拉揚是充滿霸氣，而阿巴多則以優雅見稱。當你以為指揮最重要的作用是打拍子的時候，阿巴多指揮卻從來都沒有一板一眼的打拍子，而是用他那隻被譽為是 the most elegant hand 的左手，塑造音樂的線條輪廓。如果阿巴多是最優雅的代表，那麼慣常不用指揮棒（或間中以牙籤作為指揮棒）的俄羅斯指揮瓦列里・阿比薩洛維奇・格吉耶夫（Valery Gergiev），就是最不優雅的頭號人物了（網上有人很神似的模仿他指揮的動作和表情）①。

阿巴多在彩排的時候以「寡言」見稱，最常說的一句，就是叫樂手 Listen，聆聽其他聲部、其他樂器的演奏，希望樂手可以自己找到平衡、做出配合②。「聆聽」是阿巴多最重視的事，他曾經解釋為什麼一直都留在歐洲、擔任歐洲樂團的總指揮，而沒有到美國的樂團出任首席指揮，是因為歐洲的樂手有更多室內樂團（chamber music）的訓練，而室樂的要求就是需要樂手不斷聆聽樂器之間的平衡。亦即歐洲樂手一般都更懂得「聆聽」。

樂手說，阿巴多很少把指示說得很清楚，但從他的眼神就可以知道他想怎樣。樂手可以從阿巴多的眼神找到答案，這在卡拉揚身上就永遠都不可能做到，因為卡拉揚除了從後台步行上指揮台的那一段路會睜開眼之外，在音樂會的其餘時間，他都是緊閉雙眼投入在音樂之中，難有「眼神」可言（基本上隨意找一段卡拉揚的演出影片，他都是閉上眼的③）。

阿巴多接替卡拉揚、成為柏林愛樂首席指揮的時候，除了柏林圍牆剛剛倒下，柏林愛樂樂團本身也水深火熱。卡拉揚在晚年的時候，跟樂團的關係破裂，他曾經在彩排時跟樂團說，恨不得用一條大麻繩將所有樂手都綁起來、然後淋上煤油，一把火將所有樂手燒死。樂手再也忍受不了卡拉揚的霸道橫行，聯手否決卡拉揚聘請單簧管女樂手薩賓娜・邁耶（Sabine Meyer）的決定，而卡拉揚在去世之前三個月也辭任了柏林愛樂首席指揮之位。

阿巴多的徒弟之一是英國指揮丹尼爾・哈丁（Daniel Harding），哈丁說阿巴多上任柏林愛樂，是以往獨裁指揮（authoritarian figure）的完全相反，而且將樂團拯救過來（bring the orchestra out of the dead man）。阿巴多說過，他曾經看過另一位義大利傳奇指揮托斯卡尼尼（Arturo Toscanini）的彩排，他指揮雖然厲害，但對樂手常常都呼呼喝喝（he was horrible to his orchestra），阿巴多說這樣一點也不好，他不喜歡這風格。

每次見到阿巴多的照片或影片，都總覺得他溫柔，難怪有團員說他是 strong and gentle，strong 是指他對音樂的執著，gentle 就是他的為人了。在展覽中，其中刊出兩封信，兩封信都是小朋友寫給他的，其中一封是一九九六年、一位美國初中學生寄來，信的內容大意是：學校音樂科最近有作業談及音樂工業，所以有一些問題想阿巴多解答，例如他做指揮之前有沒有做過其他工作？工作以外會做什麼事情？還有最重要一項：可否送我們一支舊的指揮棒去裝飾壁報板。我們不知道阿巴多最後如何回覆，但把這封信留到今天展出，大概可以知道阿巴多沒有因為自己是名人，就對一般人認為無關痛癢的事情看輕看賤。

指揮這一行，重視師徒關係，你跟隨過什麼前輩、擔任過誰的副手，對日後發展至關重要，哈丁除了跟隨過阿巴多之外，亦曾擔任拉陶爵士（Sir Simmon Rattle）的助理指揮。在這次柏林的展覽中，其中一幅照片是阿巴多跟美國指揮伯恩斯坦（Leonard Bernstein）的合照，還有一封在一九九〇年寫給生病了的伯恩斯坦的問候信。一九六三年，阿巴多就曾經在紐約擔任過伯恩斯坦的副手。伯恩斯坦桃李滿門，除阿巴多之外，前港樂指揮艾度．迪華特（Edo de Waart）、小澤征爾等都是系出伯氏（在村上春樹的《和小澤征爾先生談音樂》一書中，就談到不少小澤先生先後跟隨伯氏和卡拉揚的故事）。

回到阿巴多，他從來不會呼喝樂手，但卻有點另走極端，說話太少。在一九八〇年代擔任倫敦交響樂團總指揮的時候，有樂手說，他曾經在一次義大利的巡迴演出後請樂手吃飯，在晚飯中發表了最長的一次講話，就是一句：「Thank you all very much」。在倫敦的時候，有樂手以為他寡言是因為英語不好（但他在義大利的時候也一樣），也有樂手抱怨他說話太細聲、常常只說單字，聽起來像講日文單字（always sounded like broken Japanese）。

托斯卡尼尼和卡拉揚等是「暴君型」指揮的代表人物，不要以為這類指揮已經絕種，阿巴多在義大利錫耶納學習音樂時的同學巴倫波因（Daniel Barenboim），就是這類指揮。巴倫波因是柏林國立歌劇院和國立管弦樂團的音樂總監，最近有樂手公開控訴，說巴倫波因一直都燥狂地對待樂團，甚至有前團員站出來說，因為巴倫波因的威嚇，令到他患上高血壓和抑鬱，需要接受治療。巴倫波因是政治強人，以化解以、巴衝突為己任；其實阿巴多也在政治上出力，他在二〇〇九年、事隔二〇多年後回歸米蘭斯卡拉大劇院指揮，其中一個條件就是要米蘭市政府承諾植樹九萬棵，改善米蘭環境。

在錫耶納的時候，跟阿巴多和巴倫波因一起的，還有另一位同學——印度指揮祖賓‧梅塔（Zubin Mehta）。梅塔最近大病初癒，去年在台灣高雄衛武營也有演出。在柏林愛樂音樂廳的展覽中，同樣展出了阿巴多和梅塔的合照（照片中還有小提琴家曼紐軒和鋼琴家波里尼），以及一封阿巴多寫給梅塔的信，談到兩人的友誼。兩人除了一起在錫耶納是同學，還一起在維也納學音樂。兩人最初想觀看一些當時著名指揮的樂團彩排，但彩排不是常常都公開，兩人想盡辦法，最後決定加入合唱團，從而可以「正面」跟指揮學習。他們當時都在卡拉揚、布魯諾‧華爾特（Bruno Walter，馬勒的大弟子）等名指揮之下，一起唱過合唱團。

阿巴多在二〇〇二年離開柏林愛樂樂團，卸任之前確診了癌症，經治療之後康復過來。雖然大病初癒，但在二〇〇三年的暑假，阿巴多創立琉森音樂節管弦樂團（Lucerne Festival Orchestra），樂手成員由不同頂級管弦樂團和獨奏樂手所組成，可以說是All-Star全明星陣容。英國《衛報》樂評人湯姆．塞維奇（Tom Service）在二〇〇八年的時候就數過，琉森音樂節樂團內有八位不同樂團的concertmaster（首席），非常驚人。而這些人放棄暑假繼續演出，為的只有一個原因：就是追隨阿巴多。而琉森音樂節在阿巴多的指揮下也留下了很多經典的演出。

一場大病，對阿巴多有很大的影響，有人說他的優雅得到更多的昇華（這也意味著他給樂團的指令更不直接、清晰）。但從具體上來看，他在很多樂曲的處理手法也有改變，這也解答了很多想聽古典音樂的人的疑問：同一樂曲，不同版本有何分別？

就算是同一指揮，處理手法也可有不同。舉一個可以「看得出分別」的例子：阿巴多在柏林愛樂上任的第一場音樂會（一九八九年），是演奏馬勒第一交響曲，在最後一個樂章的結尾，馬勒在樂譜上註明，要求法國號的樂手需要一起從坐位上站起來，從而突出音效。

在當年彩排的時候，樂手在接近樂章結尾的時候，全部都站了起來，而阿巴多就不停的笑，跟樂手說這個做法已經過時，只要把樂器稍微提高一點就可以、不必站起來④（我還找到一段珍貴片段，一九八三年阿巴多在東京指揮倫敦交響樂團的演出，都一樣沒有站起來⑤）。二十年之後，在二〇〇九年琉森音樂節的時候，阿巴多同樣指揮馬勒一，到最後的部分，這次的法國號全部都站了起來⑥。是這種做法又再變得時毫不落伍？還是阿巴多對樂譜有新的理解？

在今次的展覽，其中一幅照片是阿巴多的一本「馬勒一」指揮總譜的封面，在封面上，寫了他每一次指揮這首曲時的樂團、地點和時間，剛剛提到的三場演出都有在總譜上標示出來（像：LSO, 83, Tokyo）。

說了這麼久，最經典的阿巴多演出是哪一場呢？我想二〇一〇年琉森音樂節的馬勒第九交響曲是無出其右之選。馬勒九的最後部分寫著德語 ersterbend，即 dying away 的意思，聲音不斷減弱，直至最後回歸寧靜。在這次二〇一〇年的演出，當奏出最後一顆音符之後，阿巴多仍然沒有放下指揮棒，而全場觀眾、樂手所有人也屏住呼吸，保持靜默近三分鐘，這時候你就會明白沒有聲音也是一種聲音，音符奏完也不等於樂曲奏完⑦。即使是從影片重看這場演出，也能感受到當中巨大的張力。

阿巴多曾經說，他最喜歡的觀眾是懂得靜默的觀眾，因為觀眾能夠保持安靜的話，也是樂曲力量的一部分，像馬勒九、威爾第的安魂曲等，都需要觀眾的合作。荷蘭老指揮伯納德．海汀克（Bernard Haitink）更曾經說，那些自以為醒目、大叫 bravo 的觀眾，根本就是白痴。

古典音樂有獨特的力量，而阿巴多的風格是獨一無二。今年是他逝世五週年，就算不能到柏林愛樂廳看他的展覽，也無論有沒有現場看過阿巴多的指揮，甚至你對古典音樂不太熟悉，這個時候看看他的馬勒九演出，你就會明白我為什麼要這麼長篇大論寫阿巴多了。

就在我寫完這篇稿的時候，剛剛傳來老指揮安德烈．普列文（André Previn）離世的消息，享年八十九歲，他是阿巴多在倫敦交響樂團的前一任總指揮。他們的那一個時代，真的跟現在距離愈來愈遠了。

新不如舊的可悲

早前在網上看了英國《衛報》一篇奇文，講人口老化問題。文章大意是：退休福利愈來愈好，人口老化為社會帶來沉重負擔；同時也有很多過了退休年齡的老人遲遲不肯退下來，而這些老人一大部分都是高收入、特別集中在政界和文化界之中。作者說，要解決相關的社會經濟問題，不應只由年輕人「買單」，這些收入依然豐厚的老人家也必須多出一分力，或至少退下來讓位。作者的觀點引來迴響，很多讀者留言都說，儘管不能否定「廢老」的存在，很多德高望重的老年人都是有付出的，不能一概而論芸芸。

這篇文章的觀點邏輯寫得古怪，但吸引我讀下去的原因，其實也不是內容而是網上的那張配圖。這篇奇文的配圖，是今年九十歲的荷蘭指揮海廷克（Bernard Haitink）。

海廷克無端端成為作者砲轟的對象也真是「躺著也中槍」，老指揮在當今的古典樂壇備受尊敬。他不久前宣布，下個樂季將會休息（sabbatical），因此今個樂季他在不同樂團巡迴客席演出時，不管你喜不喜歡這種說法，多少也帶點告別的意味。無論是指揮倫敦交響樂團抑或是巴伐利亞廣播交響樂團，場場都爆滿，而且評分都是「五星」滿分，他怎樣也不會是個「廢老」。

我最近就從德國南部的杜賓根北上柏林，為的是聽海廷克指揮柏林愛樂樂團的演出。海廷克真的老了，從後台走上指揮台上的一小段路，對他來說就好像要走過幾個街口一樣遙遠，拖著蹣跚腳步走到台上。音樂會的下半場，是他指揮布魯克納第七號交響曲，全曲四個樂章一個多小時，有一半時間海廷克都要坐下來指揮。但站著也好、坐下來也好，最重要的是指揮可以將感染力傳送到樂團，九十歲的海廷克仍然做到有餘。

指揮的作用、指揮跟樂團的關係等等，從來都虛無縹緲，但正正是這種抽象才能解釋為什麼每個指揮都可以有不同風格，不一定要暴跳如雷才算是好的指揮。像海廷克，看他指揮從來都是相對的四平八穩，這麼多年來曾擔任過阿姆斯特丹皇家音樂廳管弦樂團、芝加哥交響樂團等頂級樂團的首席指揮，就足已說明他的地位。

看到台上的海廷克，仍然認真的翻著樂譜指揮，我好奇他在這本翻了幾十年的五線譜上，究竟會看到什麼？二十五歲就開始指揮（一九五四年），這六十多年來，他演奏過這首樂曲幾多次？他對看家本領的作曲家，像馬勒、布魯克納等等的每一首交響曲，裡面的每顆音符、每段結構有多熟悉？

在網上很容易就找到他以前指揮的錄影，其中一段是一九八七年、他在阿姆斯特丹指揮馬勒第九號交響曲。在海廷克左手邊的第一位樂手、即皇家音樂廳樂團的首席，就是今天香港管弦樂團的音樂總監梵志登了。而在那時候，梵志登還是滿頭頭髮的。

演奏完布魯克納的第七交響曲之後，觀眾幾乎全部立即起立鼓掌。當海廷克在不知哪裡變出一支枴杖出來，辛苦撐著來回後台和指揮台、答謝觀眾的時候，我就有一種說不出來的感動。樂評人給這場音樂會五星滿分，也是因為受到海廷克的音樂所感動。海廷克的音樂，就是感染到樂團毫無保留的為這位九十歲的指揮賣力演奏，當賣力演奏的是頂級樂團如柏林愛樂，音樂會怎可能不是五星水準？

在柏林聽完海廷克，還特別途經萊比錫和慕尼黑，聽了另外兩場音樂會（萊比錫布商大廈管弦樂團和巴伐利亞廣播交響樂團），兩位指揮都是新一代的指揮尼爾森斯（Andris Nelsons）和哈丁。我在 Facebook 上的朋友，很多都是古典音樂老行尊，對不同樂團、不同指揮、不同錄音都有相當多的了解和研究，而他們的共通點，都是對新一代指揮嗤之以鼻，新的遠不如舊。每次看見他們相關的討論，我都不能否定他們的結論，因為卡拉揚或克倫佩勒的錄音也確實將標準定得太高。不過我每次都會想，難道今天真的再沒有進入音樂廳的理由和必要嗎？

是否就像伍迪．艾倫的電影《午夜巴黎》當中所講，每個年代的人都會覺得上一個年代更美好更精采？然後，當我們真的可以回到過去、以為那就是最完美的時候，上一代的人又會跟我們說：再前一個年代是更美好的。

那麼，在我們永遠覺得此刻不如昨日、卻又不知道哪個時代才是最好的時候，想想以後的人，也會覺得我們此刻的這個時代、是他們以後會羨慕的一個時代，或許，我們可能會覺得好過一點。

傳奇中的傳奇

這個世界什麼都有排名龍虎榜，有了排名之後，孰優孰劣，方便比較。什麼最宜居城市、最佳大學，以至是最好吃拉麵都有排名。即使這些排名大部分時間都讓人嗤之以鼻，總是覺得以偏概全、沒有代表性。但在現實之中：排名愈前當然愈好，就算不在前列，至少也要擠進榜內。This is how the world operates，沒有什麼可以逃過比較的命運，管弦樂團算是難得一個例外。

不是說管弦樂團沒有排名，在網上搜索一下還是可以找到幾個，像雜誌《留聲機》（*Gramophone*）、樂評網站 Bachtrack 都有選過「最佳樂團」。但《留聲機》選出來的 Top20 是二〇〇八年的事，而近一點的 Bachtrack 排名也已經是三年前了。為什麼管弦樂團的排名沒有每年都做？究竟哪隊樂團是世界第一？

這類排名對管弦樂團來說沒有太大意義，因為變數太多。每隊樂團有各自的專長；一隊樂團可以有不同指揮帶領演出，所以就算是同一樂團、同樣樂手，換上不同指揮去詮釋演繹同一樂曲已經截然不同；那怕是同一指揮、同一樂團、同一樂曲，演出也不是每次一樣。舉例說，今年一百年誕辰的伯恩斯坦（Leonard Bernstein）指揮紐約愛樂樂團，演出過柴可夫斯基的第六交響曲，一九六五年的一次演出，全曲總長是四十六分鐘，到了伯氏晚期在一九八七年的演出，同一樂曲，長度卻變成五十八分鐘。

再說，Bachtrack 的排名由十六位來自世界各地的樂評人選出，本來還有另外三名來自北美的樂評人有份評選，但最後放棄投票，原因是「近年沒有在世界各地看很多樂團，不想以偏概全」，所以在榜上的十大樂團之中，只有兩隊來自美國，其餘一律都是歐洲的代表。像柏林愛樂樂團、維也納愛樂樂團、阿姆斯特丹的皇家音樂廳管弦樂團等，向來都是高踞榜上的樂團，至於誰是第一，其實都不重要。

今年樂季剛剛開始，柏林愛樂樂團也迎來特別的一年，因為在今個樂季，樂團首席指揮的位置竟然出缺。須知道在大師福特萬格勒（Wilhelm Furtwängler）之後，柏林愛樂樂團的首席指揮之位，未曾試過懸空超過一年。

來自英國的拉陶爵士（Sir Simon Rattle）自二〇〇二年起開始領導柏林愛樂，早在二〇一三年的時候，他就決定在二〇一八年合約屆滿之後退位。所以樂團在二〇一五年選出新首席指揮、俄羅斯的佩特連科（Kirill Petrenko）為繼任人。佩特連科本身出任德國巴伐利亞國立歌劇院的音樂總監，在獲選為柏林愛樂的首席指揮之後，兩個樂團討價還價，最後決定讓佩特連科於二〇一九年才正式在柏林上任，同時他會在巴伐利亞國立歌劇院留任音樂總監至二〇二〇年。

柏林愛樂樂團選首席指揮是樂壇大事，媒體常常將選舉過程，比喻為紅衣主教在梵蒂岡西斯汀教堂選教宗一樣，過程嚴密，但同時又非常民主，完全由團員選出。當年選拉陶為首席指揮的時候，更將其過程拍成紀錄片，名為《民主下的指揮大師》（*Maestros in Democracy*）。

雖然明年才正式上任，但佩特連科今年也至少是de facto的首席指揮，擔起了柏林愛樂開季第一場的指揮，演出了理查·史特勞斯和貝多芬的曲目。佩特連科在二〇一五年獲選的時候，所有媒體（包括西方媒體）都形容他是黑馬，因為他的名字只活躍於歌劇院之中（曾連續三年在拜魯特音樂節指揮完整華格納的「指環」）。

在今時今日的樂壇，名不稱焉很容易，但無名也可以成為柏林愛樂的首席指揮就不容易了。在獲選首席指揮之前，佩特連科只曾以客席身份指揮過柏林愛樂三次。拉陶當年在獲選之前就曾經在柏林愛樂指揮五十八次（再前一任的首席指揮阿巴多在獲選之前，也「至少」指揮柏林愛樂三十三次）。佩特連科能夠獲得柏林愛樂垂青，可算是個傳奇。

如果要再加多一點傳奇成份，就是佩特連科低調到不得了，近乎沒有灌錄唱片，在網上音樂資料庫 Discogs 上顯示只有可憐的四張大碟，而且都不是大型唱片公司所錄製。媒體常常說佩特連科很「怕醜」，在網上找些僅有的訪問來看，就發現他面對鏡頭說話真的嚴重不自然，跟站在指揮台上情感投入的佩特連科幾乎是兩個人一樣。

最後、也是最重要的一個傳奇地方，就是佩特連科的猶太人身份。二戰期間，柏林愛樂為納粹政府之下的重要機構，就算戰情告急、節節敗退的時候，柏林愛樂仍然肩負起為德國人提振士氣的責任，樂團之中一些擁有納粹黨籍的團員。低調的佩特連科成為世界注目、而且曾經是「反猶太人」的柏林愛樂樂團，歷史上第一位猶太裔的首席指揮，這也算是傳奇中的傳奇了。

樂界的民主選舉

柏林愛樂樂團在二〇一八至一九樂季的首席指揮之位懸空，俄籍猶太人指揮佩特連科要到下個樂季才正式上任。柏林愛樂選指揮從來都是國際大事，一來樂團是全世界手執牛耳的樂團，誰人能夠占據指揮台自然受人關注；二來樂團選舉不像政治選舉、每三五年一次，一個首席指揮一做動輒數十年，柏林愛樂在最近半個世紀才僅僅選過三次指揮；三來柏林愛樂選指揮是民主選舉，由樂團團員投票選出，沒有空降沒有欽點，投票當日，一天沒有候選人能取得團員絕對大多數的選票，一天都不會有當選人的出現；四來選舉過程閉門進行，傳媒只知道有選舉進行，卻不知選舉實況，往往只有小道消息揣測結果，愈是神祕愈是引人入勝。

柏林愛樂在二〇一五年六月選出佩特連科作為下任指揮，過程就算不是高潮迭起也至少曲折離奇。當年六月的選舉其實已經是第二輪的選舉，因為一百二十多名樂團團員在第一輪選舉的時候一直沒法達成共識。而有趣的是，在第一輪的選舉中，佩特連科從來都不是熱門的候選人，甚至不在候選人之列。當時樂團分為兩大派，一派屬意支持高大威猛的蒂勒曼（Christian Thielemann），另一派則表明反對（支持其他年輕指揮如安德里斯・尼爾森斯、古斯塔沃・杜達美等等），兩邊一直爭持不下。

蒂勒曼令樂團分成兩派當然有原因，因為蒂勒曼一身都充滿右翼的味道，樣貌復古之餘，言論、樂風也一樣復古。他常常都說德國沒有什麼事情需要道歉，又說反對移民等等，加上（只）精通德奧古典音樂，擅長演繹貝多芬、布魯克納（Anton Bruckner）等德奧作曲家的作品。支持者說：如果蒂勒曼能夠執掌柏林愛樂，昔日樂團在卡拉揚指揮棒下的聲音將會重現，所以蒂勒曼所代表的是「舊派」，而反對的則屬於「新世代」。問題是，經過阿巴多和拉陶兩個朝代之後，柏林愛樂已經變得多元，不再只「懂得」演奏德奧曲目。而事實亦證明，至少半隊樂團以上的團員對這種回歸傳統表示抗拒，「新派」早已成為樂團的最大勢力。

第一輪投票沒有結果，第二輪投票殺出冷門的佩特連科，結果成功得到大部分團員的接受。投票這回事，從來都不是選出大部分人最喜歡的人選，而是要選出最令大部分人接受的候選人。佩特連科當選、蒂勒曼落敗，無獨有偶此兩位樂壇大人物本身也有不少或直接或間接的「牙齒印」傳聞。事緣在同年（2015）的拜魯特音樂節，蒂勒曼負責指揮「崔斯坦與伊索德」，但他跟女高音安雅・坎普（Anja Kampe）在彩排時鬧翻，坎普最後「劈炮」辭演崔斯坦一角，但繼續在音樂節中演出《指環》系列。

當年在音樂節中負責《指環》的指揮是佩特連科，而坎普亦是佩特連科的緋聞女友。

或許是太受關注，又可能因為過程太神祕，所以每次柏林愛樂的指揮選舉總是弄出不少「花生」祕聞，上一次選舉選出拉陶爵士，同樣選了兩輪，最後屬於「新派」的拉陶擊敗「舊派」的巴倫波因而當選。當年在拉陶當選之後，反對者對結果非常反感，大搞杯葛，但拉陶這個英倫紳士還是懂得耍點外交手腕，一直不肯動筆簽約，說要為大家爭取團員同工同酬，未上任就為團員謀福祉，到成功爭取之後才順利簽約。

而相比起佩特連科和蒂勒曼的緊張關係，拉陶和巴倫波因兩人則是惺惺相惜，更像是君子之爭。近年二人還常常合作同台演出，例如二〇一一年的時候，日本三一一地震，兩人在三月底就帶同各自的樂團到日本為災民演出（巴倫波因本身是柏林另一樂團——柏林國立樂團的指揮）；前年又一起為柏林的難民辦一場免費音樂會，表達對難民的同情和歡迎，非常和諧。

說起巴倫波因，他也算是柏林愛樂指揮選舉的悲劇人物了。他不止在一九九九年的選舉跟拉陶鬥得難分難解，到了二〇一五年的選舉，第一輪的候選名單之中，巴倫波因繼續榜上有名，只是當年已經七十二歲的他宣布不參與選舉而退出。而最近看一九八九年《紐約時報》的報導，關於柏林愛樂選出阿巴多為卡拉揚的繼任人，在當年的選舉之中，赫然發現巴倫波因也在名單之上，換言之，近五十年的三次柏林愛樂首席指揮選舉中，巴倫波因都跟此職位無緣。

巴倫波因是注定永遠無緣成為柏林愛樂的首席指揮，稍稍安慰的，是他剛剛獲柏林愛樂樂團封為榮譽指揮，總好過什麼都沒有！

現代強人指揮

上周到澳門看音樂節（為了省時間而照舊搭船，沒走港珠澳大橋，也看不到梁振英口中的「珠西」），由德國指揮蒂勒曼帶領的德勒斯登國家管弦樂團（Staatskapelle Dresden）一連演出兩場音樂會，演奏舒曼（Robert Schumann）的交響曲全集（合共四首），我只看了頭場的第一和第二交響曲。幾次看德國的樂團都沒有失望，從樂手出場一刻開始就感受到德國人的專業和紀律，他們魚貫進入舞台，總會待全部樂手進場之後才一起坐下（柏林愛樂除外），這些細節在英國樂團之中都沒有見到。

德勒斯登國家管弦樂團是真正的老牌樂團，一五四八年就成立，比其他有名的樂團都成立得早（柏林愛樂成立於一八八二年；萊比錫布商大廈管弦樂團一七四三年成立）。最近愈來愈發覺，無論是人或事，談永恆、談不變，很多時候都是表面，要實際保持長久一點也不容易。像德勒斯登國家管弦樂團，歷經幾個世紀之餘，仍然在樂壇舉足輕重更加是不可思議。

樂團的 Kapellmeister（首席指揮）蒂勒曼是當今樂壇大人物，當他站在指揮台上就感覺到他的強大氣場——沒有樂譜，甫上台就立即開始，從小號法國號奏出第一個音符開始就非常精準。如果要用二分法將不同指揮分門分派的話，很容易在各種各樣的極端都找到蒂勒曼。高大魁梧（以指揮來說他是異數）、霸氣（相對應是像拉陶一樣的親和友好）、德奧傳統（演出劇目樂曲非常集中）、政治立場右傾（反移民）等等，蒂勒曼的強人形象從來都鮮明。

蒂勒曼在二〇一五年的柏林愛樂首席指揮的選舉中，輸了給俄羅斯的佩特連科，取而代之成為拜魯特音樂節總監（他是除了一九三〇年的福特萬格勒之外，唯一一個沒有擁有華格納血脈的音樂節總監），每年暑假都在拜魯特演出統籌華格納的音樂劇。蒂勒曼是徹頭徹尾的Wagnerian，有討厭蒂勒曼的人（為數不少）評論過「蒂勒曼無甚可取，除了他對華格納的演繹」（there was little to recommend Thielemann apart from his Wagner conducting）。

蒂勒曼寫過一本非常易讀的小書——*My Life with Wagner*（Weidenfeld & Nicolson，最近有簡體中文版推出），幾乎是所有華格納入門書中最易讀、最好看的本。他二〇〇〇年開始在拜魯特音樂節亮相，他說在拜魯特，連接劇院和餐廳的一條二十公尺長走廊，掛滿歷年來在音樂節演出過的指揮照片，書裡面他從音樂節的第個指揮漢斯・里希特（Hans Richter）開始，一直逐個介紹。

他也寫華格納的孫兒沃夫岡・華格納（Wolfgang Wagner）的趣事。華格納是有名的認真和偏執，永遠在彩排時坐在觀眾席不斷給予意見，連接指揮台和觀眾席的電話就一直亮個不停（在劇院中，樂團是隱藏在舞台之下，指揮要跟外面溝通只能通過電話）。蒂勒曼說，有一次演出之後走去沖涼，圍著一條毛巾走出來時就見到華格納站在面前，然後他不停口地講了很久，蒂勒曼滿面尷尬，沃夫岡・華格納輕輕說了一句「我見過很多赤裸的男人」，就繼續發表意見。一山還有一山高，強人如蒂勒曼也有被難倒的時候。

IX

好聽的就是音樂

毛管戚的音樂

去高雄新開幕的衛武營聽柏林愛樂樂團，這次帶團巡迴的指揮是杜達美（Gustavo Dudamel）。杜達美「正職」在洛杉磯愛樂樂團，能夠帶隊柏林愛樂，全因他們今個樂季群龍無首，拉陶爵士已經卸任，而下一任的佩特連科在下季才上任。

音樂會的重頭戲是馬勒第五交響曲，這是我兩個月內第二次聽的「馬勒五」了，上一次是在倫敦聽尼爾森斯尼爾森斯指揮萊比錫布商大廈管弦樂團的演出（會有「布商大廈」這個怪名，是因為樂團在十八世紀成立時，駐紮在一座用來交易布匹的大廈之中）。杜達美和尼爾森斯都是當今古典樂壇最受關注、最受追捧的新一代指揮，尼爾森斯剛滿四十歲生日，杜達美更只四十歲未夠，他們健健康康的話至少可在樂壇叱吒多半個世紀。不過，尼爾森斯有腰患問題，看他不時要用左手扶著背後的欄杆來借力，而且這幾年他留了滿臉鬍鬚之後蒼老了很多，不信的話你 google 一下，有鬚跟無鬚是兩個樣子兩個人。

聽兩個新一代最出色的指揮，能以同一樂曲作比較是個幸福的任務。兩人的風格是截然不同，尼爾森斯指揮是咬牙切齒的揪心，指揮動作幅度很大，難怪他有腰患。而且他在指揮時常常用力發出怪聲，我坐在面對指揮的合唱團座位，完全感受到他的力量。相比之下，杜達美永遠都面帶笑容、更有活力。

那我喜歡誰呢？戲曲大師梅蘭芳有一個講法我很深刻：表演要做到恰到好處是不容易，「往往不是過頭，便是不足」。但如果必須要在兩者選一的話，梅蘭芳說「情願由不足走上去，不願過了頭返回來」。因為做過頭的危險性太大，容易走火入魔而不能回頭。那你知道我較欣賞哪一位了。

無論如何，兩人的演出都是頂級，而且在差不多一個半小時裡面，我是一次又一次聽到「毛管戙」（是 literally 的起雞皮），有一種莫名的感動湧上來。像樂曲一開始，小號獨奏之後的合奏，就是其中一個「毛管戙位」。

聽古典音樂常常都有這種感覺，為什麼呢？已經出了兩冊的《好音樂的科學》（大寫出版社）就有解答，作者約翰．包威爾（John Powell）說不是每個人都會有此反應；只有情感豐富、有「對各種經驗持開放態度」性格的人才會「毛管戙」。因為有這樣性格的人，大腦都是比較敏感，更容易感受音樂的微妙變化。而且作者說，人類喜歡新鮮，唯獨對音樂例外，特別喜歡重複。因為音樂是一種很難被簡化的信息，需要通過重複聆聽來讓自己掌握，所以作曲家很喜歡把主題重複，而作為聽眾也應該多次重複聆聽，讓自己更熟悉樂章，才能真正欣賞。

這套《好音樂的科學》，換個書名其實就是「喜歡音樂的人會問的九十九個問題」。為什麼你會喜歡音樂？你喜歡的是什麼？你以為一切都是純粹偶然，其實不然，因為所有都關乎科學，而關乎科學的話，也意味著一切的行為都可以得到解釋。

一張好看的唱片

很久沒有如此期待收到一本書了，不是真皮毛邊限量版，更沒有簽名鈐印，只不過是一本在內地出版不久，而且是從淘寶買回來（是正版的）、還裝在那個經過集運轉運而骯髒得烏烏黑黑的塑膠袋中的一本書——《風．落．之．光：ECM 唱片的視覺語言》（拉斯．繆勒著，張璐詩譯，廣西師範大學出版社）。

這書是關於德國的一間獨立唱片公司 ECM（Edition of Contemporary Music），原書的英文版本（*Windfall Light: The Visual Language of ECM*）一早已經賣斷絕版，就連二手書市也近乎絕迹，所以當聽到即將出版簡體版本，真是中港台 ECM 迷的大喜訊。

ECM 於一九六九年由傳奇人物曼佛．艾克（Manfred Eicher）在慕尼黑創立，有趣的地方是，此公在自立門戶、創立 ECM 之前，本身是柏林愛樂樂團的低音大提琴手。他在以後的訪問中曾經提到：「傳統的管弦樂團始終不是我杯茶」。我總覺得艾克最受不了的其實不是樂團本身，而是當年偏執抓狂的柏林愛樂指揮卡拉揚（Herbert von Karajan）。

ECM 從成立到現在差不多半個世紀，錄製了過千隻唱片，唱片公司旗下的樂手像凱斯・傑瑞（Keith Jarrett）、約翰・亞伯孔比（John Abercrombie）、阿福・佩爾特（Arvo Pärt）等都是當代最偉大的音樂家。ECM 表面上專門錄製爵士樂，但同時也有灌錄古典音樂。跟一般人對這兩種音樂類別的理解很不同，艾克的哲學相信：爵士和古典並沒有絕對的分歧。因為在 ECM 的處理之下，這些音樂都應該歸類在「當代音樂」之中。所以 ECM 錄製的古典唱片，全部都印上「新系列」（ECM New Series）的標誌。將「古典」音樂歸類為「新系列」，這就是 ECM 哲學的最大註腳。

很多年前，有樂評雜誌形容 ECM 錄製的音樂是「僅次於寧靜的最美聲音」（The Next Best Sound to Silence），所以台灣作家李茶出版的一本 ECM 唱片入門指南就名為《寂靜之外》。一間唱片公司造出好的音樂，應該是恰如其分；而 ECM 唱片最厲害之處是除了有好音樂之外，還能為樂迷帶來視覺的享受，因為每一張 ECM 唱片的封面設計都充滿 ECM 獨有的風格。即使你遮蓋著 ECM 的標誌，你看到唱片封面，仍然可以知道這唱片就是來自這家慕尼黑的唱片公司。

這本圖多字少的《風・落・之・光：ECM 唱片的視覺語言》，是歷年所有唱片的封面結集，唱片的封面就是 ECM 所表達的「視覺語言」了。ECM 唱片的封面有何特別？有什麼特定風格？書裡面有一篇文章的比喻非常精準，就是 ECM 是屬於「北面」

（North）的，是一種北歐的感覺。哪怕你沒有去過北歐，哪怕唱片上的照片實際上並非在北歐拍攝，但無論是唱片的封面抑或唱片中的音樂，都有一種北方的冷若、孤寂感覺。

我最喜歡的 ECM 唱片，是吉他手比爾・佛雷賽（Bill Frisell）和低音大提琴手湯姆士・摩根（Thomas Morgan）兩人合奏的 *Small Town*。簡單兩抹顏色，一紅一白，看起來會聯想起畫家馬克・羅斯科（Mark Rothko）的畫作。請相信我，你與其想買一幅庸俗的複製畫放在家中，不如買一張 ECM 的黑膠唱片，又可以聽，又可以裝飾，而且更重要的是，這是一種有品味的體現。

一九七五年的科隆音樂會

前文提到了《風・落・之・光：ECM 唱片的視覺語言》，這本書中所介紹的唱片公司 ECM 成立將近五十年，其中一張最成功最經典的唱片，一定要數一九七五年發行、美國鋼琴家凱斯・傑瑞（Keith Jarrett）的《科隆音樂會》（*The Köln Concert*）。這張唱片有個厲害的銜頭：就是史上最好賣的鋼琴獨奏唱片，從發行以來在全世界賣了超過三百五十萬張。

一場音樂會可以大賣幾十年當然是經典，但一場音樂會可以成為學者的研究題目，並且寫成一本又一本的著作，就可見這場科隆音樂會的地位。其中一本簡單易讀的小書，是由英國侯城大學（University of Hull）學者彼得・埃爾斯登（Peter Elsdon）所寫的《奇斯・傑瑞特：科隆音樂會》（*Keith Jarrett's The Köln Concert*，牛津大學出版社），講的就是這場音樂會、這張唱片有多經典。除了簡單分析音樂之外，他還從唱片封套設計談到唱片的獨特（ECM 的唱片封面甚少有樂手的樣子，這張是難得例外）、此音樂會如何成為七十年代文化思潮的代表（脫離傳統爵士與 fusion 的束縛）

等等。

上世紀六十、七十年代爵士樂開始在歐洲流行，傑瑞特在一九七五年來到歐洲巡迴演出，短短半個月之內要舉行十一場音樂會，頻密緊湊程度跟張學友開演唱有過之而無不及（畢竟張學友也只是留在紅館，而傑瑞特要走訪不同國家不同城市）。十一場音樂會，為何科隆一場會成為經典？為什麼不是瑞士洛桑或德國不萊梅的那一場？

這裡要借雷恩·葛斯林（Ryan Gosling）在《樂來越愛你》（*La La Land*）裡對爵士樂的講解了：爵士樂的重點是「即興」（improvisation）。但傳統爵士樂至少以一首樂曲或一個主題作基礎，然後在當中加入即興發揮的部分。傑瑞特的每一場音樂會，特別之處就是從他坐下一刻開始到最後他彈出的最後一顆音符，全部都是即興，亦即每場音樂會都與別不同。他以非常存在主義的語言說：「這不是由我去創作，我只是像管道一樣，讓音樂自然流露出來，音樂是完全獨立於我。」（I've been letting it happen all by itself so much that I'm looking at it as something completely independent of me, which it really is. I am just transmitting it.）

在科隆音樂會之前一晚，傑瑞特才剛剛完成在洛桑的演出，之後一天就來到科隆（他在歐洲巡迴，是跟 ECM 的老闆艾克一起擠在一輪小小的德國福士汽車穿州過省的），疲倦不堪之餘，彩排的時候還發現音樂廳上的鋼琴日久失修（奧地利品牌

Bosendorfer），好幾個琴鍵不能回彈之餘、腳踏也失效，音色差到不得了，我想像中的這個鋼琴，不會比坂本龍一在日本福島所彈的那部「地震後琴」完好多少。傑瑞特最後硬著頭皮演出，也幸好他最後有如期演出，否則就沒有這一場經典的演奏會了。

之前我到《聯合文學》做一個「來作客」的訪問，《聯文》要我帶一個伴手禮送給雜誌，我想了又想，不想送很快就會吃完喝完的禮盒，我就選了這場音樂會的唱片送給雜誌社，希望《聯文》同仁都喜歡呢。

很多學者研究傑瑞特的音樂，從他在彈奏時的伴唱（想想在旋律之間聽到怪聲，都是他發出的），到他的坐姿都有人深究（他在彈奏情感投入時，全身都有動作，有說他的動作跟性高潮無異）。說到這裡，你有沒有跟我一樣想起另一個鋼琴家——加拿大的顧爾德（Glenn Gould）？或許要成為傳奇鋼琴家，就要先練成彈奏時發出怪聲，和學習一個奇特怪異的坐姿。其餘，一切免談。

從高雄奏響的音符，軟硬兼備的藝文基石——衛武營

二〇一八年年底，台灣「九合一」地方公職人員選舉，國民黨的韓國瑜空降高雄捲起「韓流」，他說以往在民進黨管治下的高雄「又老又窮」，把整個城市彈得一文不值。但二〇一八年，絕對可以是高雄轉變反彈的一年，不過這跟韓國瑜的出現無關，而是因為衛武營國家藝術文化中心（下稱衛武營）的落成。

衛武營本來是高雄陸軍軍營，軍營二〇〇四年停用，二〇〇三年敲定將營地改建，其中一部分劃為藝術文化中心。在延期又延期之下，一建就是十五年（跟香港西九相比，已是非常有效率了），上個月終於開幕。衛武營由荷蘭麥肯諾（Mecanno）建築事務所的〈法蘭馨．侯班〉（Francine Houben）設計，整個藝文中心由一個方形的巨大頂蓋所覆蓋，頂蓋之下包含四個表演場館，分別為音樂廳、表演廳、歌劇院和戲劇院。四個場館互相連貫，除了室內的空間，衛武營更讓人留下深刻印象的，是場館以外、頂蓋之下的「室外空間」——榕樹廣場。

衛武營的設計跟所在地高雄扣上緊密的關係。因為營區本身有很多老榕樹，設計

師將衛武營頂蓋下的空間，模仿成老榕樹下的樹洞一樣，建成高低連綿的開放範圍；同時，高雄本身是海港，曾經以造船業為重要產業。衛武營的外牆都以造船的鋼板為物料，而在廳院大門外也加上標誌高度的刻度，更像一艘船艦。

一個藝文中心要成功，必須同時具備硬件和軟件，硬件是場館質素，軟件是節目質素。無論是有最好的場館但只上演爛透的節目，抑或將最好的節目困在爛透的場館之中，都一樣 far from ideal，更難言可以肩負一個城市起死回生的責任。雖然衛武營只是剛剛開幕，但已經令人充滿希望，而衛武營給高雄的希望比韓國瑜提出的「愛情摩天輪」實際得多。

從很多城市的例子來看，不難見到一個新音樂廳對城市的作用。像拉陶爵士三十年前還在伯明翰的時候，大力促成的交響樂廳（Symphony Hall），或我最喜愛的指揮沙隆年當年在洛杉磯所支持興建的華特迪士尼音樂廳（Walt Disney Concert Hall），這些音樂廳不止提高了當地樂團的水準，同時能夠慢慢讓文化的土壤在城市扎根。一個音樂廳已經有這麼大的作用，擁有四個表演場館的衛武營也將會是高雄藝文發展的重要基石。

衛武營開幕，我看了柏林愛樂樂團（Berlin Philharmonic Orchestra）在衛武營音樂廳的演出，從指揮杜達美舉起指揮棒、奏出第一個音開始，我已經立即「毛管戙」

了。衛武營的音樂廳是「葡萄園式」（vineyard style）設計，即舞台在樂廳中間位置，而觀眾席則像山上一塊一塊的田野一樣，分布不同角落，跟傳統舞台在前、觀眾席在後的「鞋盒式」音樂廳不一樣。葡萄園式音樂廳的特點是將所有觀眾都可以更近距離、更集中地聚焦舞台。當晚音樂會第一首樂曲是伯恩斯坦的〈管弦樂嬉遊曲〉，觀眾都可以清楚看到柏林愛樂樂手在台上輕鬆得像嬉戲一樣的神情。

衛武營音樂廳不止漂亮，音響也是我聽過最出色的音樂廳，聲音是有穿透力地傳到耳邊。我的位置雖然靠近舞台，但傳到耳邊的聲音是樂團整體的聲音，沒有給特定樂器所掩蓋。衛武營音響的出色，令我在幾天之後回到文化中心、聽香港管弦樂團演奏時更覺文化中心之不堪，聲音幾乎只停留在樂團上空的空間，不前也不進，就算指揮梵志登有戴上十隻「指環」的魔力，也無法改變文化中心的限制。

衛武營的藝術總監簡文彬是台灣著名指揮，也曾擔任德國萊茵歌劇院的駐院指揮，二〇一四年開始參與衛武營的籌備。在柏林愛樂音樂會的之後，另一德國重量級樂團——巴伐利亞廣播交響樂團也在衛武營演出。兩場音樂會早就爆滿，但除了台上表演精采之外，台下的安排其實更加刺激緊湊。

簡文彬說，因為 BRSO 表演前臨時換指揮（原指揮馬里斯．楊頌斯因身體抱恙而換成更年老、剛剛大病初癒的祖賓．梅塔來台），需要多一天排練，亦即柏林愛樂表演當日的時間。而柏林愛樂來高雄演出，他們是從台北即日來回，沒有在高雄留宿，所以他們表演當日的上午也需要排練。換句話說，在當日衛武營需要同時接待兩隊世界級的樂團，讓他們在同一地方、同一時間出現，這是非常難得。要找一個地方，井然有序同時容納兩個樂團，讓他們各自排練，其實在全世界也沒有太多地方可以做到。

衛武營終於開幕，而且找來簡文彬作舵手，未來會發展成怎樣還需留待將來評估，但以現在剛剛起步的階段來說，這個頭開得非常之好，就像柏林愛樂樂團在衛武營所奏出的一個音一樣，鏗鏘而有力。

衛武營的聲學建築

去高雄新開幕的衛武營音樂廳，聽柏林愛樂樂團演出，音樂廳的音響好到不得了；及後訪問了衛武營的藝術總監簡文彬，寫了長文刊在《明報》世紀版（十一月二十四日），引來作家老前輩左丁山先生留意關注。

左先生在專欄（《蘋果日報》，十二月二日）說他看到我的文章之後，跟他「頻頻去台北聽音樂會」的公子朋友分享，問公子對衛武營的看法，孰不知公子跟他說：衛武營只是「得個靚字」，跟台北台中等其他場館都有所不及。按原文引述公子評語：「只能咁講，我有幾位朋友慕名去過高雄衛武營，佢哋一致嘅評語係台北國家劇院音樂質素最高。」根據左先生專欄，他和他的公子朋友都沒有去過衛武營聽音樂。

剛巧最近讀台灣新出版的《築音賦聲》（行人文化），一本關於建築聲學家徐亞英先生的專書，講述徐先生入行（建築聲學）六十多年來所打造過的不同作品，包括世界各地的音樂廳歌劇院、以至法院、博物館等等，其中徐亞英最近期的作品，就是高雄的衛武營園區。衛武營全個園區、包括室外空間，所有聲效都由徐亞英負責。有關徐先生如何設計衛武營寫得詳盡，占全書三分之一。

建築界本來已經是專業，建築聲學更是專中之專，專門負責建築物內的聲音流動。徐亞英為建築聲學下了一個很好的簡介：就是要將擾人噪音隔絕在外，將美好的聲音留住。所以音樂廳、歌劇院等場地，最需要建築聲學家的魔法。我在倫敦去得最多的皇家節日音樂廳（Royal Festival Hall），音響聲效都不好，拉陶爵士說在那裡彩排半個鐘已經痛苦到死（The will to live slips away in the first half-hour of rehearsal）。不過要數聲音最差場地，香港文化中心是 second to none，榜首之選無出其右。

徐亞英說，場地不同、用途也自然不同，每個場地的聲學設計都有特定需求，因此要比較音樂廳的音響效果，最好還是用音樂廳來比較。徐亞英還說，即使同樣以管弦樂團為對象，但音樂廳與管弦樂團排練室的音響需求也不一樣，音樂廳要有足夠的殘響，讓觀眾可以得到最好的聲效；而排練室則不需要，因為殘響會影響指揮和樂手在排練時所聽到的聲效，有礙訓練。在建築聲學這門專業中，徐亞英是世界級的人物，他跟卡拉揚、布列茲（Pierre Boulez）等都是好朋友，因為這些指揮大師永遠都滿意他所打造的音響效果。

每次有大型文化藝術場地、音樂廳的興建，都會邀請世界各地的建築事務所入標競逐，但因為聲學建築這一行太過專業，所以通常都容許不同事務所找同一位建築聲學家合作，而徐亞英就是非常搶手的聲學家，每次招標都同時代表幾間互相競逐的建築事務所，為每個特定的建築方案提供相應的聲學設計。

衛武營是徐先生的最新大作，「葡萄園式」音樂廳也實在非同凡響，左先生有機會不妨一去，不要錯過！

美好的巴登巴登

台灣的古典音樂雜誌 *MUZIK* 在去年的七月號，以「玩轉世界音樂節」為題，選出世界十大古典音樂節，當中包括英國倫敦的逍遙音樂節（BBC Proms）、德國的拜魯特音樂節（Bayreuth Festival）等等。不過，辦這類「十大ＸＸ」選舉，往往都是吃力不討好的任務，順得哥情失嫂意，這次也不例外。

看看名單，幾個舉辦大型音樂節的地方名都離奇失蹤，像德國的巴登巴登（Baden-Baden）、瑞士的琉森等等（說起琉森，最近聽到有多過一個朋友分別提到一件事，他們說在一個講古典音樂的電台節目中，聽到主持不斷將「琉森」誤讀為「梳森」，真是情何以堪）。以前寫指揮阿巴多專文的時候，不少次提到他所創立的「琉森音樂節管弦樂團」，間接講到暑假舉行的琉森音樂節。這次就談剛剛閉幕、由柏林愛樂樂團（Berliner Philharmoniker）加持的巴登巴登復活節音樂節（Baden-Baden Easter Festival）。

談音樂節之前，先說一下這個聽起來、你會以為我寫錯重覆了的城市名字——巴登巴登。小城位於德國南部，屬巴登符騰堡州之內（小小德國地理補充：全德國分為十六個聯邦州份，我居住的杜賓根也在同一個州裡面，我從杜賓根坐兩個多鐘頭巴士就可直接到達巴登巴登），很有名的黑森林就在旁邊。

查看德文字典，巴登（baden）這個字本身的意思是浸浴，所以巴登巴登跟英國城市巴庫（Bath）一樣，都是有溫泉、有羅馬浴場的地方。至於為何要將「巴登」重覆兩次，目的是要跟另外兩個同名的地方（而且同樣屬於德語系國家），分別是奧地利維也納的巴登，和瑞士蘇黎世的巴登可以有所區分。將巴登重複兩次變成巴登巴登，不是像前美國總統克林頓所說：這個地方實在太美好，美好到要把它的名字叫兩次（so nice that you have to name it twice）。

因為有天然溫泉，可以建造羅馬浴場，所以早在公元三世紀左右的羅馬帝國開始，巴登巴登就已經是歐洲貴族的渡假勝地。到現在，巴登巴登仍然有兩個著名的羅馬浴場，其中一個叫弗里德里希洛場（Friedrichsbad）。浴場有一百四十多年歷史，最重要的是保留傳統，每逢星期二、三、五和日（還有假期和情人節），都是男女全裸混浴：一個水池，不分性別，無分你我，以最原始最直接最赤裸的狀態感受歐洲貴族的傳統。經過實地考察浸完之後，這次巴登巴登之行已經值回票價。

巴登巴登音樂節給 *Muzik* 忽略，很大原因是音樂節的歷史相對較短。在二〇一三年開始以來，今年也只是第七屆舉行，由巴登巴登節日音樂廳（Festspielhaus）和柏林愛樂樂團合作舉辦。要講音樂節的源起，解釋為什麼忽然會在二〇一三年開始、每年復活節在這個溫泉渡假勝地舉行音樂節，就必需要從另一音樂節、奧地利的「薩爾斯堡復活節音樂節」說起。

薩爾斯堡是莫札特的出生地，同時也是指揮界天王卡拉揚出生的地方。薩爾斯堡本身有夏季音樂節，早在一九二〇年就開始（音樂節以莫札特為主題，做法是仿效德國的拜魯特音樂節以華格納為主題），而復活節音樂節則由卡拉揚於一九六七年創辦。當時卡拉揚是柏林愛樂的首席指揮，而那個時候，柏林愛樂樂團基本上就是卡拉揚的一部分，兩者密不可分，因此柏林愛樂是當時薩爾斯堡復活節音樂節的御用樂團。

柏林愛樂跟復活節音樂節的合作關係一直長期保持，即使在卡拉揚逝世之後，繼任柏林愛樂首席指揮的阿巴多、拉陶爵士，都有同時兼任薩爾斯堡復活節音樂節的藝術總監，直到二〇一二年為止。在隨後一年，柏林愛樂就改與巴登巴登合作，而原有薩爾斯堡的音樂節，則改為跟蒂勒曼所帶領的德勒斯登國家管弦樂團（Staatskapelle Dresden）合作。

柏林愛樂與薩爾斯堡復活節音樂節關係破裂，導火線發生在二〇一〇年。音樂節的前營運總監（跟藝術總監是兩個職位！）涉盜用公款，導致音樂節損失五百多萬美元，薩爾斯堡音樂節財政開始出現問題。而同一時間，由私人資金贊助的「巴登巴登節日音樂廳」就看準機會，以更優厚的條件成功挖角，將柏林愛樂從薩爾斯堡帶到巴登巴登。當中巴登巴登承諾，在音樂節期間舉辦更多歌劇的演出，同時進行更多室樂表演，以及音樂教育等活動（像演出兒童版本的歌劇表演）。巴登巴登節日音樂廳則是全德國最大的歌劇院，能夠容納更多觀眾。

當年柏林愛樂跳槽，跟薩爾斯堡關係鬧得很差，直至二〇一七年的時候，薩爾斯堡復活節音樂節迎來五十周年，卡拉揚夫人埃列特（Eliette von Karajan）親自邀請柏林愛樂回歸薩爾斯堡演出一場，關係才算破冰。

說到這裡，不得不提在薩爾斯堡接替柏林愛樂的德勒斯登國家管弦樂團，和他們的指揮蒂勒曼。柏林愛樂樂團在古典樂壇手執牛耳，但歷史更悠久的德勒斯登國家管弦樂團也不是省油的燈，除了在復活節跟柏林愛樂鬥法（搶觀眾之餘，更重要的是搶當紅的男、女高低音歌手演出歌劇），在二〇一一年新年的時候，兩個樂團就搶德國電視台的 air time，爭取播放他們自己的新年音樂會。

至於蒂勒曼這個高個子指揮，曾經非常接近成為柏林愛樂的首席指揮。二〇一五年柏林愛樂選拉陶爵士的接班人（柏林愛樂的首席指揮是由樂手一人一票選出），當時呼聲最高的人選就是很強調自己有「卡拉揚影子」的蒂勒曼，但蒂勒曼卻得不到樂團過半數團員支持，最後輸給低調跑出的黑馬佩特連科。佩特連科的低調，除了講明不接受記者訪問之外，也幾乎接近不推出唱片錄音（不計算剛剛推出的柴可夫斯基第六交響曲唱片，只曾發行過四張唱片）。

柏林愛樂在第一屆的巴登巴登音樂節中，拍過一段紀錄片，訪問拉陶也訪問樂手，個個都說心情興奮，因為整個巴登巴登的不同角落（幾乎整個城市每間商店每支燈柱）都貼滿海報、掛滿旗幟，寫上「歡迎柏林愛樂回家」的標語（至於為什麼是回家，就真是百思不得其解）。在紀錄片中，有一個樂手說，最初來巴登巴登音樂節的時候覺得心情複雜，覺得自己（和樂團）背叛了薩爾斯堡，有種不忠的感覺，但在感受到巴登巴登的熱情款待之後，焦慮就一掃而空（這種感覺轉變的邏輯在哪裡，我也不知道）。

即使巴登巴登音樂節歷史不長，但只要演出的是柏林愛樂，就不能不受關注。每年的復活節音樂節為期十天，單是一齣歌劇就有四場演出場次（薩爾斯堡復活節音樂節則只有兩場），還有另外的交響樂演出、室樂音樂會、兒童歌劇等等，復活節期間的巴登巴登音樂節，絕對是最重要的音樂節之一。樂團成員在演出歌劇、交響樂以及室樂的時候，都需要不同的技巧和演奏方法（像樂手在室樂表演中更著重個人，而在樂團演出則要合作融合），這對樂手來說是挑戰，而對觀眾而言，則是多元化的表演節目。

今年的巴登巴登音樂節也是特別的一年，因為自從拉陶在上個樂季離任之後，繼任的佩特連科要到二〇一九年的樂季才上任，今年的柏林愛樂是名乎其實的「群龍無首」，而這次也是第一次沒有拉陶的巴登巴登音樂節。

在音樂節中，最重要的節目是歌劇的演出，以往都是拉陶負責指揮，今年因為柏林愛樂沒有首席指揮，本來就找了義大利指揮加堤（Daniele Gatti）負責，孰不知在「#MeToo 運動」席捲古典樂界的時候，加堤也是其中一位受到指控的指揮。雖然沒有進一步的調查行動，但加堤立即被他的樂團——皇家音樂廳管弦樂團解除首席指揮的職務，而他在其他樂團的演出也幾乎全部遭取消，當中包括巴登巴登音樂節。

有趣的是，巴登巴登在去年十二月做出宣布時，說的是加堤不在狀態、不適合演出四月的音樂節，取而代之的是老指揮、來自印度的梅塔。

今年的歌劇劇目，是義大利作曲家威爾第（Giuseppe Verdi）根據莎士比亞同名戲劇改編的悲劇「奧賽羅」（Otello）。故事的情節很簡單：總督奧賽羅打勝仗凱旋歸來，但回家不久就有小人阿戈（Iago）挑撥離間、搬弄是非，最後成功令奧賽羅怪錯好人，糊里糊塗殺掉自己的愛人。而且最悲劇的是最後發現自己糊塗，太過自責而自殺身亡。

這次演出的導演是來自美國的羅伯．威爾森（Robert Wilson），無論舞台設計抑或是故事的情節都是非常的minimalist，靠著燈光帶動故事劇情，劇情中的殺戮和角色之間的親熱也變得非常隱晦。這種簡潔的演繹，跟卡拉揚在一九七〇年於薩爾斯堡復活節中的演出是兩個極端（在薩爾斯堡的音樂節，卡拉揚為了「避免爭拗」，歌劇的導演也由他親自出任，並且自己設計舞台）。

當年卡拉揚的演出是非常誇張震撼，光是在第一幕奧賽羅凱旋歸來的時候，真的在舞台上做到有風有浪，一個又一個的大浪拍到岸邊，演員全部濕身（卡拉揚版本的「奧賽羅」演出，在柏林愛樂的數碼音樂廳Digital Concert Hall有全劇的錄像）。孰優孰劣，是逼真優勝抑或抽象更好，這是個人的喜好。但你問我看完今次的演出，有沒有像當年的座上客、拉脫維亞指揮楊頌斯（Mariss Jansons）看完一樣、覺得不能自已，我實在沒有。

即將上任成為柏林愛樂首席指揮的佩特連科，今年則負責演出柴可夫斯基第五交響曲，我看的那一場還有「香港人」郎朗跟柏林愛樂演出貝多芬第二鋼琴協奏曲。這是我第一次看佩特連科，雖然他跟以往的卡拉揚、阿巴多或拉陶等比起來，是完全缺乏「星味」，但他的感染力卻是來自於他的「肉緊」和務實。在「柴五」第一樂章開始時，樂手小心翼翼所形成的張力，反映佩特連科絕對有駕馭柏林愛樂的能力。佩特連科下年將同時負責音樂節的歌劇演出、指揮貝多芬的費德里奧（Fidelio）。本身歌劇院出身的他，是巴伐利亞國家歌劇院的音樂總監，他跟柏林愛樂演出歌劇將值得期待。

我在巴登巴登一連三日、看了三場柏林愛樂的演出，三位不同的著名指揮都是我第一次現場觀看，所以興奮到不得了。除了梅塔和佩特連科，另外一場是義大利指揮慕提（Riccardo Muti）威爾第的「安魂曲」。慕提本身是芝加哥交響樂團（CSO）的音樂總監，CSO 樂手在今個樂季發起了兩次罷工，抗議年金改革，最近慕提和樂手才剛剛回到音樂廳演出。慕提是威爾第專家，我聽完他的「安魂曲」之後，反而有點楊頌斯所說的恍惚（hypnotised），幾乎忘記如何從音樂廳走回老遠的酒店。

巴登巴登是貴族的渡假地方，音樂節也充滿貴族味道。觀眾的年齡比平常古典音樂會更加年長，所以我在音樂會的觀眾席上就顯得更不一樣，我想觀眾的平均年齡至少是我的三倍（註：我剛剛二十六歲）。來參加音樂節的嘉賓，個個穿上整套禮服盛裝出席，而在每晚散場的時候，門口都會有職員給每位女性送上一支玫瑰。

我沒有玫瑰，但也跟其他人一樣帶著滿足的表情離開。如果你問我，有什麼比第一次浸混浴更快樂更深刻的話，我會說是連續三晚、聽三場柏林愛樂、看三位當今最有名的指揮，這是絕對的可遇不可求。

巴登巴登巴登，it is just so nice that I have to name it thrice！

大嶼山的音樂記憶

香港管弦樂團在今個樂季的編排上是大膽創新，演出不少當代頂尖音樂家的大作，像明年二月會演出美國作曲家菲利普・葛拉斯（Philip Glass）和史提夫・萊許（Steve Reich）的作品，兩個都是當下古典樂界、作曲界的大人物，都以簡約風格見稱。

這些作品現在未必如貝多芬莫扎特般一樣受樂迷歡迎期待，但這些新一代的音樂，其實早已慢慢在樂壇中找到生存空間，並逐漸走進主流，香港管弦樂團能夠為樂迷帶來這些新音樂，不容易也不簡單。文化藝術從來都不應該原地踏步，不能單單以滿足受眾為目標。而在上星期，港樂請來另一位當代作曲家馬克斯・李希特（Max Richter）來到香港演出。

相比葛拉夫或萊許，樂迷應該對年輕二三十年的李希特更為熟悉，特別是他所改寫重譜韋瓦第（Antonio Vivaldi）的《四季》，每次在Netflix看《主廚的餐桌》都聽到。李希特跟港樂的音樂會，上半場熱身的就是他所改寫《四季》，下半場則是重頭戲、演奏他的首部作品——*Memoryhouse*。

在音樂會的場刊中，提到一件有趣的事，就是李希特跟香港的淵源：二十多年前，他曾經到訪大嶼山，在一間寺廟的石碑見到有關對時間和記憶的敘述，那次遊歷也成為他譜寫 *Memoryhouse* 的靈感之一。他說，當年參加了「大嶼山一日遊」的行山團，經過了一間寺廟的時候，其中一塊碑文所寫的是關於記憶，談到記憶、時間、歷史相互的關係。

Memoryhouse 談的主題就是記憶，李希特說這首作品實際上是提供一種空間，思考當代歷史。跟一般古典音樂分成四五個樂章不同，*Memoryhouse* 像流行音樂一樣，整隻大碟包含了十八首樂曲（即十八段音樂），全部以記憶這主題串連起來，當中有談及在二戰中科索沃的主權爭議、也有談及戰爭對人對城市所帶來的破壞；還有他對最早進入太空的動物、來自前蘇聯的流浪狗 Laika 的思考〈Laika's Journey〉。蘇聯強行把 Laika 送到太空，以測試動物能否承受升空的壓力，當時還未研發「返回技術」，所以 Laika 是注定死亡，分別只是死在升空的中途抑或在太空之上。

Memoryhouse 分為十八小段，而將不同段落串連起來、合而為一首完整樂曲的一個重要元素，就是在樂曲中反覆出現的「雨聲」。以完整管弦樂團編制寫成的 *Memoryhouse*，同時也包含電子音樂成分，演出時，李希特除了負責鋼琴、電子琴等

鍵盤樂器之外，還真需要按電腦鍵盤播放「雨聲」。李希特說這些「雨聲」的作用，其實是一種比喻（metaphor），比喻著戰爭、戰亂其實從不間斷地發生於二十世紀的現實之中。

李希特跟其他當代作曲家最大的共通點，就是簡約主義（Minimalism）的風格，但「簡約」的意思卻不是我們字面所理解的「簡單」，而是經歷了非常複雜、將可以剝下、去除的部分都刪減掉的過程，最後得出一個聽起來簡單、但實際上卻是精煉而成的作品。不過，李希特剛剛開始作曲的時候，一點都不簡約。

倫敦著名的唱片店 Rough Trade，去年錄製了一張特別的唱片，名為 *Behind The Counter with Max Richter*，大碟裡面都是李希特親自選出他所喜歡的音樂，當中包括他自己的作品。他在唱片裡面的註解，寫下這一段文字：「我很沉迷於將思想不斷純化、蒸餾，最後得出一種最簡單的形式。我在讀大學、最初開始作曲的時候，習慣寫得複雜。如果用白色筆寫在黑色紙上，一定可以更節省墨水。我只是在以後的過程，慢慢從複雜走向簡約，直接將最核心的內容直接表達。」

在李希特的音樂中，其中一種簡約的表現在於樂曲的配器（orchestration）方面。聽他的作品，很容易發現李希特偏好弦樂的使用，他的音樂很多時候只有琴聲、女高音和大小提琴。即便在使用完整管弦樂團編制的 *Memoryhouse*，也只會在最後才聽到管樂的出現。

把作曲家作定位的時候，很多時都會出現很多不同的分類，像巴洛克風格、像古典音樂、浪漫主義等等，這些分類很多時候跟管弦樂團的歷史發展有關，亦即樂器製造技術發展的演變，像木管、銅管樂器在一九世紀得到不斷的發明和創新，樂團的樂器也漸漸增加。而李希特的音樂，包含了很多電子音樂的元素，這其實就是現在這個年代樂器演變的體現，所以他的音樂也成為了二十一世紀之下的音樂。

除了樂器配置上的演變、延續著管弦樂團一直以來的技術發展；我們也可以同時從音樂的「存在意義」，看到李希特的音樂如何走得更前。從巴洛克時期開始，巴哈的音樂主要是為了宗教、教會而寫，及至晚期的馬勒、布魯克納則通過音樂寫生死、寫自然，而李希特的音樂，是直截了當的講明為政治而寫。像 *Memoryhouse*、像 *The Blue Notebooks*〉，都是表達他對戰爭的厭惡。李希特不止一次公開批評當年決定出兵伊拉克的前首相布萊爾。

在音樂會中，李希特和港樂還演奏了 *The Blue Notebooks* 裡面的〈On the Nature of Daylight〉，這首樂曲後來在很多電影、電視劇中都用來做配樂，最初是為了反對出兵伊拉克而寫。他兩年前在英國《衛報》寫過一篇文章，他是如此寫道：政治把我們都改變，但同時我仍然堅信，我們的創意和思想可以影響世界，或至少至少，可以令世界看起來有一點的不一樣。（All of us were changed during that political moment, but I remain convinced that human creativity can influence the world, or at the very least our perception of it, in some small way.）

任何人都可以通過創意影響政治、影響世界，如果你是音樂家，就用音樂創作去影響世界。

新人間叢書 295

醒來的世界

作　者─亞　然
執行主編─羅珊珊
校　對─果明珠、亞　然、羅珊珊
封面設計─兒　日
行銷企劃─王小樨

編輯總監─蘇清霖
董事長─趙政岷
出版者─時報文化出版企業股份有限公司
10803臺北市和平西路三段二四〇號四樓
發行專線─（〇二）二三〇六六八四二
讀者服務專線─〇八〇〇二三一七〇五　（〇二）二三〇四七一〇三
讀者服務傳真─（〇二）二三〇四六八五八
郵撥─一九三四四七二四時報文化出版公司
信箱─一〇八九九臺北華江橋郵局第九十九信箱

時報悅讀網─http://www.readingtimes.com.tw
思潮線臉書─https://www.facebook.com/trendage/
時報出版愛讀者─http://www.facebook.com/readingtimes.fans
法律顧問─理律法律事務所　陳長文律師、李念祖律師
印　刷─盈昌印刷有限公司
初版一刷─二〇二〇年一月十日
定　價─新臺幣三二〇元
（缺頁或破損的書，請寄回更換）

時報文化出版公司成立於一九七五年，
並於一九九九年股票上櫃公開發行，於二〇〇八年脫離中時集團非屬旺中，
以「尊重智慧與創意的文化事業」為信念。

醒來的世界／亞然著. -- 初版. -- 臺北市：時報文化, 2020.01
面；　公分
ISBN 978-957-13-8068-1（平裝）

855　　108021328